惠风·文学汇

（第二辑）

山河记忆

"惠风·文学汇"丛书编委会 编

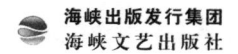

海峡出版发行集团
海峡文艺出版社

图书在版编目(CIP)数据

山河记忆/"惠风·文学汇"丛书编委会编.—福州:海峡文艺出版社,2024.8
(惠风·文学汇)
ISBN 978-7-5550-3789-7

Ⅰ.I267

中国国家版本馆 CIP 数据核字第 2024RU4785 号

山河记忆

"惠风·文学汇"丛书编委会　编

出 版 人	林　滨
责任编辑	朱墨山
出版发行	海峡文艺出版社
经　　销	福建新华发行(集团)有限责任公司
社　　址	福州市东水路76号14层
发 行 部	0591—87536797
印　　刷	上海盛通时代印刷有限公司
厂　　址	上海市金山工业区广业路568号
开　　本	889毫米×1194毫米　1/32
字　　数	120千字
印　　张	8.25
版　　次	2024年8月第1版
印　　次	2024年8月第1次印刷
书　　号	ISBN 978-7-5550-3789-7
定　　价	58.00元

如发现印装质量问题,请寄承印厂调换

目录

大圣故里——上湖／范丽娇 ………… 1

天上人间话镇前／陈明贵 ………… 8

印象锦屏／杨世玮 ………… 15

散发神秘光芒的高北土楼／南舟 ……… 26

诗一般的梦里老家／李迎春 ………… 32

闽粤孔道／郑启荣 ………… 37

沈坊记／吴德荣 ………… 46

香炉峰脚下／林峰 ………… 52

千年潋城／冯文喜 ………… 58

春到南岩不思归／黄曙英 ………… 64

走进土坑刘氏古民居群／李集彬 ……… 73

海上雄关 心灵卫所／陈金土 ……… 79

古韵悠扬忠山村／连传芳 ………… 88

千年寒村鬼傩情／李正洪 ………… 93

城村意象／梅丁 ………… 100

下梅村中的"国"与"家"／邹全荣 …………………………………… 106

一首禅诗／邱德昌 …………… 112

宗祠魂／陈弘 ………………… 120

探访清水祖师故里／王炜炜 … 127

畲族建筑瑰宝／田文 ………… 133

神奇的白水洋／林思翔 ……… 138

故乡的石桥／孔屏 …………… 141

从松台山到未名湖／陆开锦 … 147

土木华章／禾源 ……………… 164

溢满清辉的村庄／王振秋 …… 179

梦忆录／张白山 ……………… 183

春天的歌／谢瑞元 …………… 199

父　亲／薛宗碧 ……………… 203

牛　节／卢腾 ………………… 210

文　山／陆宜根 ……………… 215

女儿的城市／陈树民 ………… 224

远去的背影／吴曦 …………… 233

月　光／张建萍 ……………… 240

施茶予人／郑望 ……………… 246

问"硋"／崔建楠 …………… 252

大圣故里——上湖

范丽娇

上湖,一个如诗如画的世外桃源。

晨起,炊烟缭绕,鸡犬之声相闻;日间,白发老叟闲谈古树下,垂髫小儿绕膝嬉戏;夜里,万籁俱寂,灯光点点与星月同辉。

这个静谧古朴的小村落位于顺昌县大干镇西北部,从县城驱车前往,需大约一个小时。

走进村庄,最先吸引了你的目光的,必然是那些错落地立于路旁的古老的银杏树。这些银杏树已岁逾千年,棵棵膀大腰粗,有的须得三四个成人张开双臂方能将其拥入怀中,且枝繁叶茂,冠大如篷,是夏日寻荫蔽日的好处所。到了秋风乍起,那些小扇子般的叶子便又逐渐由绿变黄,待秋寒沁骨、周围的树木都已现出颓败之势时,它们却仿佛完成了一次灵魂的洗礼,以一身金灿灿的明艳傲然立于天地之间,远远望去,若灿烂的霞光，若燃烧的火焰，点亮了暗淡的山坳，照亮了肃杀的山野。几场秋雨过后，枝头的热烈依旧，地面上又铺上了一层厚厚的金黄。

那些日子，如果大雾弥漫，整个村子便如梦似幻，仿若仙境；如果阳光明媚，村庄则仿佛处于热恋之中，处处飘荡着浪漫温馨的气息。那些日子，村民们被一种金灿灿的喜悦围绕着，甚至连呼吸和梦境都染上了温暖的金色。那些日子，远近的游人如潮涌来，欢欣雀跃，赞叹连连。在纷飞的金色中，在不停歇的快门声中，有人起舞，有人抚琴，有人清歌……

2009年张纪中版《西游记》选中上湖村作为高老庄外景地，2010年2月仿唐建筑高员外府落成。府邸尖顶翘檐，大多为两层建筑，正房、厢房、柴房、马厩、箭楼及门楼等一应俱全，又有几棵古银杏树恰如其分地点缀院内。微雨时节，廊前檐下空寂无人，只有风吹过空旷的院子，掀动门帘，帘内似乎隐约可见高小姐的裙裾翩然闪过。偶尔，后院的柴门吱呀一声，让正伫立遐思的你恍惚已经穿越到了遥远的唐代。

当然,《西游记》选址上湖村,不仅仅因为上湖的地貌特征和古朴秀丽的风光符合剧情,也与将上湖揽于怀中的宝山——齐天大圣祖地有关。

宝山是顺昌的第二高峰。《正德顺昌邑志》载:"宝山,在娄山都,峭拔秀丽,绝顶一庵,梁、柱、檐、瓦皆石为之,至今犹存。"

早年,去宝山必须经过上湖村的古廊桥。廊桥始建年代无考,重修于清同治十一年。岁月悠悠,如今的廊桥已经衰败成暗淡的灰黑色,但桥上一副趣味盎然的对联依旧隐约可见:"桥横两面面水面山弯曲路,亭接仓头头仓头白往来人"。站在桥上,满眼青翠欲滴,耳畔流水淙淙,一条细长的小路逶迤前来,又施施然远去。这廊桥同时也是村民们歇息、纳凉、闲话农事与家长里短的场所。在这里,静日悠长,昏昏间,日影西斜,一天过去了,一年过去了,一百年过去了……

现在,穿过村尾的晒谷坪,再走过一段缓坡,就到了上宝山的古石阶前。石阶两侧,翠竹青青。一根根挺拔秀丽的毛竹似守山的士兵,一丝不苟,却又热情洋溢。微风徐来,那悦耳的沙沙声便是它们的低语,偶尔几片竹叶飘拂而下,掠过你的肌肤,那是它们在牵你的手呢。而骄阳穿过密密的枝叶,斑驳成点点光晕,更增添了许多梦幻之感。

一路有如此妩媚的竹相伴,便也不觉得登山的劳累了。走出竹林,是十八弯石道。石道虽不是太长,还是可以考验一把你的体力和耐力的。如此,登上顶峰,一览众山小时,你的壮志豪情才会油然而生!

站在山顶,极目远眺,连绵的群山恰似一条正在朝拜苍穹的蛟龙,巍峨雄伟,极为壮观。

坐落于山顶的宝山古寺,又称"宝灵庵",始建于元至正二十三年,其殿柱、梁、檐、瓦等构件皆采用花岗岩,经精雕细凿构筑而成,其仿木程度之高、之精巧乃全国罕见。

而此刻,出现在我们面前的古刹,已然颓败,在绿树的映衬下,更显得古朴凝重。推开虚掩的寺门,历史的画卷在我们眼前缓缓展开。

正如《寰宇记》等史料记载的那样,寺内的

每一条石雕大梁都有数吨重，其用料契合了元朝早期肥梁胖柱的审美风格。梁柱上的石雕浑然天成、构思巧妙、匠心独具。真的难以想象古人究竟是怎样靠一双巧手去建造如此巨大而又浩繁的工程的。

细细看去，还可见殿内的每一块石头构建上都镌刻着捐资者的姓名和捐赠银两，以及捐赠者的愿望。这些捐赠者中上至达官贵人，下至黎民百姓，由此可见当时宝山大殿的建造曾得到过多少人的关注和拥护。

必须提及的还有大殿旁的须弥石座。须弥石座在当时是只有皇宫建筑才能有的荣耀，而宝山大殿却敢以须弥石座做围基，其无可争议的至尊地位由此可见一斑。

殿内的大梁上"当今皇帝万岁"六字依旧清晰，宝山大殿能够千古不败也许与这也有些关系吧。

然而，无论历史有多么辉煌，都只能在岁月的流逝中永远存留在人们的记忆之中了。

踩着悠扬的钟声离开古刹，一起去不远处的

南天门遗址看看吧。

这是一座建于明洪武二十四年的石头古庙。与大殿相比，它更具有明清时期精雕细刻的建筑风格。只可惜这样一座精美的古建筑却毁于雷电和"文革"。如今，只剩下残垣断壁伫立风中，向后人幽幽地诉说着它苍凉久远的故事。

颓圮的南天门遗址让人心情沉重，南天门后方的双圣庙恐怕便要令你满怀惊奇了。双圣庙为南天门同期建筑，外观看是一个简单的石头小屋，庙内筑有供奉孙悟空兄弟合葬的两道神位墓碑和塑像，墓碑镌刻"宝峰齐天大圣神位""通天大圣神位"等字样，而大圣塑像头戴紧箍儿，脖系黄领巾，身着和尚衣，腰围虎皮裙，肩背金箍棒，正是我们所熟悉的那个孙行者。

其实，顺昌从古至今一直存在通天大圣和齐天大圣信仰民俗，顺昌境内不断发现的诸多历史实物也表明，唐宋以来，顺昌就存在大圣崇拜现象，它是齐天大圣信仰的文化发祥地。宝山神猴文化遗存的发掘，特别是双圣庙，引发了学术界对孙悟空原型发源地新的论证。

当然，宝山的景观奇趣远不止这些。比如宝山的奇石，随处可见，试心石、卧牛石、绣花鞋、仙人帽、海狮恋宝、犀牛探月、宝山猿祖等，形象无比逼真；比如宝山的杜鹃花，种类有十几种之多；比如宝山自然保护区内的世界珍稀彩蝶，艳丽斑斓，夺人眼目；比如宝山的古山寨遗址，就在原始森林里若隐若现着……

亲爱的朋友，如果你想避开尘世的喧闹，寻一静谧之地，既可探幽访古，又可沉潜身心，请到顺昌上湖来。

天上人间话镇前

陈明贵

这是一个自古为兵家必争、商贾云集的重镇，位于政和东偏南部，为闽浙通衢，中华人民共和国成立后成了名副其实的闽北东大门，内接闽北腹地，外连闽东海岸，扼闽北通往闽东沿海的要喉，有"旱码头"之誉。

出了宁武高速杨源出口处不远，便突兀地出现人声鼎沸、商铺林立的集镇，与沿途层峦叠嶂、沟壑交错的景象，形成巨大反差。此乃绰约多姿的镇前古村！

政和五大开疆始祖之一的叶延一、许延二兄弟俩出身官宦人家，生于唐大和初年。其父许成任文宗殿前银青光禄大夫、集贤殿学士，赐金鱼袋，赠鸿胪卿加封怀远侯，追茔国公。兄弟俩皆以文学登榜。延一官居金紫光禄大夫，延二官居银青光禄大夫，同掌皇库。因受奸臣陷害被贬，他们离京南徙入闽择地隐居，转至今镇前边上的际头象山狮子岗下，因山环水绕，地沃林蔚，延一遂择地肇基，先后开辟出"叶洋""徐洋""清和庄"等大片产业，成为政和叶氏之鼻祖和政和早期开发的重要贡献者。延二则越象山入今澄源乡上洋村肇基创业，开辟"许庄""清平庄"等产业，还创建"梧桐书院"，成为政和许氏之鼻祖。兄弟俩还共同建"定凤""凤栖""清平"等多座寺庙。叶、许氏后裔遍布全县和闽东、浙南及广东海丰一带。

马昇，生于南宋咸淳元年，原籍江苏高邮，后落籍镇前。元初，因受奸人谗害，他从六部大员贬谪至政和任赤岩司巡检，却与当地人民交情日深，后娶镇前魏姓之女为妻。早有隐退之意的他，不允复职，获准后世居镇前，开辟田园，遂为政和马姓之鼻祖，其后裔衍发至镇前附近数个山村。

唐贞元年间，汤氏祖先为官经浙江平阳而入闽，徙政和，几经辗转，移居镇前，现已二十世余。

现马氏宗祠居于鲤鱼溪左侧，1998年重建，砖木结构，正面墙红瓷砖贴面，脊梁双龙戏珠，门联"江南传世系，关隶衍宗支"，大厅悬"佑启后人""万派朝宗"匾额各一方。鲤鱼溪右畔的汤氏祠堂，前身为1928年所建，现重建的祠堂富丽堂皇。

岁月的老人如同老太太的梳子，缓缓地梳理着一个个美丽动人的故事，并在千米长的鲤鱼溪中潺潺地流淌着。镇前仅有一条穿村而过的小溪，居高俯瞰，宛如一条波光涟漪的飘带，从容舒缓地绕村而过。后晋天福六年立关隶镇，镇衙旧址在镇前村后门山脚下；北宋咸平三年升关隶县，县治移于今城关，镇前本村称关隶乡。漫步马鞍山巷、周厝古巷、郑源古村，土木结构的古旧民居依稀可见，从关隶镇衙旧址和保存完好的郑源两幢魏氏大户古民居，足见它历史的悠久。鲤鱼小溪上建的三座古朴石拱桥把民房和对面的鲤鱼溪文化公园依次相连，是一幅极好的"小桥流水人家"的景致。

海拔几近千米，夏无酷暑，清凉不已，秋爽

习习，令人神往，镇前被誉为"避暑胜地"。盛夏，到了镇前，凉风送爽，清心舒肺，更能修身养性，百姓人家夏夜不用电扇是普遍的事。镇前附近的际头南当山，为政和第二高峰，山上有一条古盐道、两株百年老水杉及众多石林，主峰依稀可见古庙遗迹，仿佛步入仙境，令人流连忘返。据传，当时每年六月十九观音生日那天，十里八乡青年男女，会夜宿山顶，篝火对歌，寻找如意伴侣。

鲤鱼溪水尾犀龙桥左有福主庙、观音殿、大奶殿，且有参天江南油杉、红豆杉等珍稀名贵古树掩映，更显得清幽宁静；右为八角琉璃永兴亭，粉墙耸立；另有朱柱高昂的心缘禅寺，气势恢宏。福主庙有联"此为民之父母，以能保我子孙"；大奶殿有联"福地有真人闲挥道子传神笔，清地开上善认取仙家种寿泉"。各场所民俗活动频频，最为隆重的是大奶殿每年正月十五庙会和鲤鱼文化节，全村村民参与祭拜、巡境和庆祝活动，殿里彩旗飘扬，锣鼓喧天，香烟袅袅；园内外人山人海，人鱼同乐，热闹非常。

这里只要邻里一出啥事,不用说二话,大家都会主动"出击"相帮。火灾、老人仙逝等,全村鼎力相助不在话下,有的还募捐,诸如此类的积善为德、淳朴民风的体现,笔墨难以尽表。这种禀性,现如今促使数以千计的山民走出大山,跻身大都市闯荡拼搏,寻找适合自己的新的发展支点。里人还有豪侠义气。你只要随便进入一农户,热情好客的女主人都会端上一杯的高山清香茶,捧来花生、瓜子什么的,临别时还要塞满你的口袋。他们不掩饰自己的七情六欲,心直口快是他们的共性,若有谬误,指出后痛快接受,也不往心里去。

据说,明朝洪武年间主事关隶镇的徐姓官员,顺应民意,封山育林,筑坝蓄水,拦溪养鲤,久而久之,人们开始禁渔,世代沿袭,视鲤鱼为图腾,流传至今已有八百年之久。近年当地热心人士打造鲤鱼文化公益事业,凝聚财力物力,先后建成大量基础设施,使鲤鱼溪公园成为远近闻名的风景名胜,成了大武夷旅游圈的一大风景线。

当你步入古镇鲤鱼文化园半弧古雅之门,便会感受到这里鲤鱼的温顺、灵性和人们的善良、朴实。水头长青桥和水尾犀龙桥,飞檐翘角,焕发霞彩,恰如待飞的龙舟横卧溪头、溪尾。"高山仰止关隶镇,碧水眷念长青桥""国泰民安,风调雨顺"楹联寓意深长。园内亭台楼阁,曲径通幽,溪水波光。关隶桥等三座小石桥,是赏鱼最佳处,人鱼相映成趣,天水一色,好不默契。带上一串大光饼作"贡品"投掷溪中,神态各异的鲤鱼便兴奋不已、集合过来。在鲤鱼溪畔,无论男女老少,只要手中有食物,谁都会毫不吝啬地往溪中抛撒,来换取人鱼同乐的真情实趣。扔下光饼,无数鲤鱼蜂拥而上,大显身手,冲天而食,大展绝技!鱼头攒动,水波四溅,蔚为壮观!它们朝着香、朝着声、朝着影而来,黑的大鲤好比武士一般扮演"领衔"之职,自然常胜冠军非它莫属;红的大鲤犹如健美的少女运动员,也跻身于队伍之列。溪边的游人随着跃腾起来的鱼群也欢呼着,好似也成了溪中的一尾鲤鱼。这真是一幅令人陶醉而神奇的人鱼互戏图啊!

若食物扔尽了，只在溪边拍拍手，鲤鱼又会优哉游哉地游来，忽深忽浅，时远时近，或动或静，动则嬉戏、戏水、戏石、戏草、戏物、戏人，欢愉不已；静则安神，以利再嬉。肥美的溪水养出肥壮的鲤鱼，大的十余斤，最大的三十斤有余，黑的、灰的、红的、白的、紫的，斑斓缤纷，形态各异。它们通人性，闻人声而来，见人影而聚。溪边台阶处，浣女忙中偷闲，也和鲤鱼逗趣。稍不留神，"嗫"的一声，菜叶被抢走一片，村姑"哎呀"尖叫一声。顽皮的孩童也不停地撩拨水浪，一时小溪人声鼎沸。真是鱼在溪中游、人在溪边走，鱼闻人音、人识鱼性，人鱼和谐相处千百年。

正可谓"此地有溪有水有鱼鱼跳龙门，是处如诗如画如梦梦编江南"！

印象锦屏

杨世玮

锦屏村不是在这两三年间猛然走红走俏的,它曾经是有"十三银坑穴,百家商坊场,八万打银工,三千买卖客"的古老的村落。

锦屏村位于政和县东南香炉尖脚下。僻静的锦屏在唐末五代期间,原属浙江处州遂应乡管理。宋绍兴三十二年官府正式在锦屏开办官采银场,后断断续续开采,至明正德十六年封闭,时称"遂应场"。如今矿区有标号记载的银洞穴就达两百六十四个,其洞大的可容纳数百人,小的须匍匐方能进入。洞中有洞,洞上有洞,洞洞相通,有的从这座山蜿蜒而下,从山脚小河的河床下穿过,又通向了另一座山,以致山腹里巷道纵横交错,宛如迷宫,可谓奇观。曾有三位年轻村民在洞中摸了六天,仍未探出矿洞的全部,可见当年采银工程之巨。古银洞里,由银脉纹理形成的"金瓜银线"至今仍清晰可见。矿洞中冬暖夏凉，泉水声叮咚在耳，地下河潭深莫能测，进洞探险的勇者络绎不绝。后因村庄对面南屏山三百多亩的原始森林，春夏繁花似锦，深秋红叶如霞，似孔雀开屏，而更名"锦屏"。

地处闽北、闽东、浙南交界处的锦屏"官道"纵横。据人介绍，通往祠堂的古官道以石条、石块精心拼嵌成八卦、太极图形，这儿曾锣鼓喧鸣、冠盖云集。当年，锦屏是政和工夫茶的发源地。随着采矿、冶炼业的发达，锦屏茶业十分兴旺，造就了茶叶行业"三千买卖客"的繁荣景象。产于海拔一千多米的政和县锦屏村仙岩周围的锦屏仙岩茶，历史悠久。其闻之芳香扑鼻，饮之醇香味浓，饮后回甘，色、香、味独特，被誉为"上品"。据记载，清道光年间，仅一千多人口的锦屏村，就有仙岩茶茶行二十多家，家庭作坊式的茶坊多达数十家，年出产红茶万余箱（每箱二十五公斤），出口到欧洲及港、澳地区的约两千箱。据载，仙岩茶，原名芽茶，宋政和五年被选作贡品，改名"银针茶"。《政和县志》

有郭斯垕诗曰:"雅童享茶敲石火,林僧剖竹引岩水。"清乾隆五十五年政和知县蒋周南在饮茶中曾作《咏茶》诗曰:"丛丛佳佳茗被岩阿,细雨抽芽簇实柯。谁信芳根枯北苑?别饶灵茶产东和。上春分焙工征拙,小市盈筐贩去多。列肆武夷山下卖,楚才晋用怅如何。"清同治十三年江西茶商赵老板来政和用仙岩嫩茶倡制"仙岩工夫"红茶。仙岩工夫运到福州,福州茶商争先抢购。因其品质优良,故福州茶行每年非得"仙岩工夫"运到才开市营业。锦屏仙岩茶一年可以从清明直到白露,采茶三次。茶农出门销售茶叶,然后换回白银经过锦屏水尾桥回到家里,这就是当地人所说的"乌换白"的典故。锦屏水尾桥,始建于清咸丰八年。廊桥建成以后常常毁于山洪或火灾,屡建屡毁。清光绪九年,刚上任的政和知县福荫再建廊桥时,请来了真武大帝坐镇。人们把真武大帝奉为百姓和茶业的保护神。如今在桥屋北侧中央设有神龛,神龛里真武大帝手持斩妖神剑,正襟危坐,金童玉女肃立左右。神龛背面木板上有一酷似麒麟吐火的壁画,栩栩如生。

神龛外侧木板两边镶嵌的木雕版画很是精美。后人又在版画上贴上一副对联:"手接宝剑斩妖邪,脚踏龟蛇镇百怪"。每逢茶市开市,或农历三月三、五月五,茶农们早早地就从四面八方聚集到锦屏水尾桥上,摆上供品,点上香火,香雾绕缭,虔诚祭祀。祭祀分早、中、晚三次:早晨祭早茶神,中午祭日茶神,夜晚祭晚茶神。祭品以茶为主,也放些糍粑及纸钱之类。祭祀时,"主祭"焚香燃烛,顶礼膜拜,祭天地人神和茶神。后面站着从四面八方赶来参加祭祀的善男信女。仪式寄托了茶乡人祈求、平安,祷告未来风调雨顺、茶叶丰收、国泰民安的美好愿望。

销往欧洲的政和工夫红茶、送往京城的银子、闽东进来的食盐都要经过穿山越岭的古道。如今,那些茶马古道遭受严重破坏,大都不复存在。笔者翻山越岭,终于找到一段保存较完好的古道。寂静的古道蜿蜒前行,或直上山岭,或蛇行平铺,或横插浑壑,有如神龙见首不见尾。挑夫的号子仿佛在耳边响起,隐隐夹杂着银块撞击的金属声。虽然,古道上的古隘已倒塌,古道两旁的古树也被砍伐殆尽,但是,古道每一块规整的石头、每一级平整的台阶都依稀可以见证当年这条"国道"的热闹繁华。

锦屏村奇,树亦奇。由于海拔高,树木千枝百态,距村四五华里远,有棵全省罕见的柳杉古树,其树龄已有三百多年。尤其令人惊叹的是这棵柳杉树一改柳杉树干高大通直的常态,而变化为榕树的树形,大部分树枝盘根错节,与地面平行生长,犹如千手观音,实为柳杉树中的异数。民间传说此树曾化为一青年举子考中状元,故又称其为"状元树""杉木仙"。附近村民对其敬若神明,平添了几分神采。

树是山之神,水是山之魂。一条小巧玲珑的小溪穿村而过,带着锦屏空气润泽的湿意,告别气势恢宏的虎头漈瀑布,经过弯弯曲曲的山间小路,铺贴着青石,与路两边高入云天的松柏、朴树、香樟,蜿蜒缠绵的藤蔓,以及丛丛簇簇不知名的小型灌木告别,缓缓流淌至七星河。清凌凌的溪水,是那么冷峻,让人不敢亲近;是那么娇嫩,让人不忍触摸;又是那么亲切,任你用脚丫嬉戏。它激越却不狂暴，它昂扬而不失沉稳。细听又如琴弦由高音转入低音，张扬恢宏，流璧飞玉，一气呵成，就像蕴藏了无穷的力量，有韵味、有节奏，滚滚直前。溪水流淌到峡谷处，在与山崖的撞击下，又形成了打击乐，温婉又婀娜，风扬轻烟，一咏三叹，似是仙公奏出的一曲曲天籁之音。小溪的源头是山涧那个巨大的天然"浴缸"——天池龙井。盛夏时节，游人跳进天池，便觉习习凉风扑面而来，凉彻心肺。而那一个个口小腹大的天然石臼却是两三百万年前第四纪冰川时期形成的冰川遗迹。当地的村民便沿用一种古老的方法制造一种叫"七水"的水。每年的七月初七（即七夕）正午，人们便来到天池龙井，装一桶水回家，再在溪中捡几颗小石头，回到家把水和石块倒入坛中密封起来，待到明年暑天农忙期再饮用。那时的水清凉无比，让人神清气爽、心旷神怡。为何要待到七夕的中午？据说那时天上的仙女会下来到天池龙井洗澡，所以那时的水最凉，织女也会在天上跟牛郎相会。那个时候，在溪水中会倒映出牛郎织女相会的情景，可以倾听他们的密语。我真正饮过那甘泉,清凉润泽,饮下令人精神为之一振。这山,因了这些石臼而显尊贵。

沿溪而行,不知不觉来到"文公潭"。"文公"是南宋著名理学家朱熹的谥号,朱熹一家数代与政和有不解之缘。朱熹之父朱松在宋宣和年间到政和任县尉,举家迁居政和。朱松到政和后兴利除弊,尤其在政和城内创办了云根书院,授课讲学,首开政和教育先河。朱松在政和任职期满后调任尤溪县尉,其妻到尤溪一个多月便生下朱熹。朱熹的祖父朱森和祖母程夫人都安葬于政和,朱熹每次回政和祭扫祖坟,都要住上一段时间,在云根书院讲学,锦屏的山水也曾让朱熹流连忘返。锦屏溪奔涌而至"文公潭",其水清澈冷凛,其态深邃柔媚,是为异也。水中有宽叶带状水草生于其中,密密匝匝,铺溪而去,不见绝也。其花如白星,零落相映,犹可趣也。其叶宽如掌,随水飘摇。其色如翠玉,生机盎然!朱文公在此潭洗过毛笔,抑或洗手濯足?我窃以为,这潭清水,想必洗净了无数人的凡尘俗垢。

云移人行，各领风骚，历史曾给锦屏一片璀璨。锦屏村居住的居民大部分为源自建州的叶氏，尊光禄大夫忠显公叶荣为一世远祖。叶荣之子叶灏，字商辅，隋开皇四年四月初七诞生于金陵，七岁丧父，有大志；唐武德初，授银青光禄大夫、御史中丞，领威边将军节度泉南军事；后因遭谗贬谪入闽，于武德中任建州刺史，遂居建安，是为这支叶氏二世祖。至宋淳熙间，叶灏十世孙叶采，字促圭，号平岩，官朝奉郎，监登闻鼓院兼景献府教授，著《近思录集解》。采子叶义，字伯尚，分迁于水北叶当（古称"叶屯"）。叶义四世孙叶公致，字生明，号遁庵，于宋末元初由叶当徙居松溪城邑正谊坊，为入松之始祖；叶公信则由建安徙政和之铁山，为铁山叶氏始祖。叶公致之孙叶盛，字德盛，以祖曾奉檄监遂应银场，于是从松溪城邑移居东关里遂应场，是为本支叶氏锦屏之开基祖，至今已传二十余代。叶氏定居遂应场后，治山、治水、辟良田，特别注重植树造林、发展林业。叶氏家族繁衍昌盛，从元代起便在当地修建多所宗祠家庙，称盛一方。

锦屏叶氏古宗祠坐东南朝西北，由元代叶景仁创建，原称"遁庵先生祠"，祀叶氏松溪始祖叶公致及锦屏肇基祖叶盛等；清道光十五年重建，祀锦屏叶氏历代先祖。现建筑为近年重修，砖木结构，上、下二栋，悬山顶，封火马头墙。上栋正厅设神龛奉祀历代祖先，下栋建戏台。上、下栋之间中开天井，左右建升堂阶。昔日的高门府第，在日月的交替中逐渐褪去了光泽，轻轻推开朱漆剥落的大门，映入眼帘的是泛着幽幽光亮的木雕屏风和高悬中堂的寿匾，它们在顽强地诉说关于祖先的故事。这儿的传说很多，一桥、一茶、一砖、一石、一草、一木，使锦屏一如历史的化石完好地保存着岁月的框架，任凭风吹雨打。

村民淳朴而热情，在祖宅里一代接一代地生活着，面对络绎不绝前来寻幽探古的客人，他们极尽地主之谊，对客人做到有问有答、不厌其烦。各家的主人都捧出他们的珍藏，一如捧出他们的历史一样。对经风雨、见世面的外人来说，在重温历史的同时，都对此扼腕长叹，让我不禁写下《沁园春·锦屏抒怀》："溪绕南屏，杉王参天，蔽日掩霞。望岩茶带翠，灵峰古洞；瀑声震谷，跌宕成花。闲驻浮云，幽鸣飞鸟，笑傲红尘气自嘉。登高处，似凌虚羽化，天地无涯。莫言溪远山高，但纵目层峦一望赊。看善男信女，焚香礼佛；骚人墨客，弄笔烹茶。金贵人生，一挥弹指，岂可蹉跎掷年华。望前路，纵艰难险阻，策我骝骅。"是的，整个村子都弥漫着浓郁的沧桑感，只要你走了进去就想赶也赶不开的，只有走到村头眺望着沃野田洋，心境才会渐渐开朗起来。那清澈明净的溪水淙淙有声地流淌。的确，无论是人还是岁月都如这溪水一去不复返，人们只能在这似曾相识的水中对事物品头论足，充实各自的联想，拓展各自的睿智。

一路上，不时有牧童稚嫩的嬉笑声传入耳中，但我满耳却是专家、学者见仁见智，提出了对锦屏许多富有建设性的保护措施和利用办法，为锦屏的过去、现在，也为未来。在这方面我不是专家不敢妄言，但有一点是显而易见，那就是对古文化加以有效的保护和合理的利用，必定会成为人无我有的推动经济、文化、旅游、商贸发展的优势。同时，这也给人们一个有意义的启示：那就是从现在起保护好各自的历史文化、自然环境等，长此以往，也许在若干年之后也会和锦屏今天一样成为人们视角的聚焦点，说不定在什么时候也会猛然走红走俏的。

散发神秘光芒的高北土楼

南 舟

初春的闽西腹地，烟雨迷蒙，大地就像一幅和谐的画卷，而点缀其间的一座座土楼，在烟雾中若隐若现，像是春风中弹奏的一个个音符，给人以曼妙浪漫的感觉。位于闽西永定的土楼村落——高北，在春风的沐浴下，山青田绿；土楼四周，天竺树、桂花树、香樟树随处可见；村道两旁绿树成荫，鸟语花香；到处是生机勃勃的景象。

高北村背靠金山，林木葱茏，高头溪自西向东从土楼群前穿过，汇入永定三大河流之一的金丰溪。这片秀美的土地，早在南宋祥兴年间就有客家先民在此居住。元代中期，江氏祖先"江百八郎"从今龙岩上杭县迁至高北。经过几百年的繁衍生息，高北的江氏人丁兴旺。他们于明嘉靖年间陆续建造土楼聚族而居，土楼之间，以青石板路相通。走进高北，就如同走近一个世外桃源、一个土楼王国。全村有几十座土楼，依山傍水，高低错落，诉说着高北村悠久的历史和丰厚的文化积淀。

高北土楼群是"福建土楼"世界文化遗产景点之一，是永定土楼的杰出代表，享誉中外的要数有"圆楼之王"美誉的承启楼，历史悠久的五云楼、世泽楼，以及有"博士楼"之称的侨福楼。站在村后山的观景台眺望，承启楼、世泽楼和侨福楼一字排开，方圆结合，相映成趣，与大自然融为一体，构成了一道亮丽的风景线。

"高四层，楼四圈，上上下下四百间；圆中圆，圈套圈，历经沧桑三百年。"这是一首民谣对承启楼的形象概括。

承启楼坐落在高北村"金山古寨"南麓、"晚寺闻钟"庵前，前面是一片开阔的山村田野。据传明崇祯年间破土奠基，至清康熙年间竣工，历经三代人才建成。全楼规模巨大，造型奇特，令人叹为观止。远远望去，承启楼外高内低，形成逐环递减的格局。

全楼由四圈同心环形建筑组成，两面坡瓦屋顶，外环为主楼，高四层，屋檐以青瓦盖面，正面、南面开一大门。正面大门门楣上镌刻楼名，大门对联为"承前祖德勤和俭，启后孙谋读与耕"。第二环高两层，第三环单层。古代楼主既崇文重教，又不让女孩到楼外的学堂与男孩一起读书，故在此办私塾，作为女子的书房。第二环与第三环之间的东面和西南面的天井各有一口水井，俗称"阴阳井"，大小、深浅、水温、水质各不相同。第四环为单层的祖堂，后向的厅堂与正面两侧的弧形回廊围合成单层圆形屋，中为天井。环与环之间以石砌廊道或小道相连，且必须沿着屋檐的走廊并经过主通道才能到达每一环或楼门、边门，好似迷宫，进易出难。祖堂雕梁画栋，门面两侧饰以绘画和精美的砖雕。厅堂东西两侧各设一小门与全楼东西走向的通道及外环东西两面的边门相连。厅堂后向上方和前向屋檐下悬挂清代至 20 世纪 80 年代一些名人赠送的题匾，两侧石柱上镌刻警示子孙后代的楹联"一本所生，亲疏无多，何必太分你我；共楼居住，出入相见,最宜重法人伦",可见江氏族人世代立家、做人的理念和曾经有过的辉煌。从对联中,也可品味到土楼人和睦相处、其乐融融的动人情景和客家人一脉相承、难以割舍的亲情文化。

这座土楼王平面按八卦布局,外环的卦与卦之间分界线最为明显,底层的内通廊以开有拱门的青砖墙相隔,造型精巧,古色古香。

每逢重大节日,宗亲会在祖堂摆设十六世祖江馨轩七十岁寿辰时所做巨型祝寿屏风。屏风由十二小块组成,精雕细刻,其中最引人注目的是千古流传的"二十四孝图",取材于古代孝子的故事,工笔细腻、形态逼真、图文并茂、寓意深刻,充分体现了土楼客家人敬祖睦宗、孝顺父母的传统美德。

自古客家先民就以儒学起家,把尚学重教、科甲蝉联作为一种鲜明的家族文化传统,泽被后世。在传统的农耕时代,承启楼人也把勤俭耕读作为获得生存与发展的立身之本。他们把读书识字视为科举入仕、光宗耀祖的重要途径,因此人才辈出。大楼落成至清朝末年,楼内先后有四十多人考中进士、举人、贡生，民国迄今，出了近百个科学家、教授、作家，其中一户人家出了十位博士。

登上承启楼，视野开阔，远山风竹寒松，烟雨空濛，令人遐想；近处清溪岸畔，小桥流水，画面清新，田园风光，美不胜收。

位于承启楼东侧的世泽楼，是一座高四层的长方形土楼，建于明嘉靖四十四年，坐北朝南。后厅的祖堂上方悬挂一匾额"邦家之光"。楼门石刻楹联"世传勿替家声远，泽本遗风椒衍长"。它与承启楼相距只有十多米，楼顶屋檐方圆结合，形成一线天式的景观。而俗称"不倒楼"的五云楼，是一座没有石砌墙基的长方形土楼，已阅历五百九十多年的岁月沧桑，是高北江氏家族中现存最古老的建筑，具有丰富的文化内涵和考古价值。与承启楼毗邻的侨福楼，是江氏缅甸华侨于1962年集资建造，楼内院用块石铺地，院中有一口水井，环周种植大小树木，使得院内更加优美宜人。正面立四根高大的圆柱子，明显体现了西洋风格，中西合璧，别有情趣。来到侨福楼，人们就可感受到旅居海外的乡亲的拳拳赤子心与爱国爱乡的诚挚情怀。

永定客家土楼人家，每逢重要传统节日，少不了举行舞龙、舞狮等民俗表演，而高北土楼人舞龙、舞狮不仅融合了本地特有的风格，还与武术表演结合起来，更显现了土楼客家人的阳刚之气和尚武精神。活动中，老百姓燃放鞭炮，烧香的烟雾和鞭炮的硝烟弥漫在土楼的空气里，更给土楼带来了几分神秘。

岁月的河水依然无声地流淌，高北这个大山里的土楼村落，也依然像水一样清新。其淳朴的民风，人与自然的和谐相处，使这个村落显得宁静与平和。这里的山光水色、田园诗画、生活情趣，无不让人领略到山乡之神韵。那一座座土楼拼凑成的一道客家风景，散发出质朴和神秘的光芒，历久弥新，给人留下了许多回忆，让人一次次地走进这里，与土楼对话，去捡拾历史遗留下的文明碎片。

诗一般的梦里老家

李迎春

古村,古道,古村落;诗人,诗意,诗生活。如果有这么一个村庄,将这些词汇聚成一幅淡雅的泼墨山水图,那该是怎样的模样?是"古道、西风、瘦马"里的小桥流水,还是"稻花香里说丰年"的乡村美景呢?如果您的记忆里有魂牵梦萦的老家,有想去看看的美丽诗境,那么请跟随我走进诗一般的梦里老家。

在南方,那个寄托着乡愁的海峡西岸,位于福建省西南部上杭县的院田古村落就出现在我们眼前。

院田村位于太拔镇东南方,自然环境优越、历史文化积淀深厚,是一个人杰地灵的客家古村。

"两水合明镜,双桥落彩虹。"院田村错落有致地分布在三折回澜的儒溪和大坑溪两岸,一条条汲水灌溉两用的小圳绕过房前屋后，整个村庄清新自然、灵动多姿。

元延祐三年，李火德胞兄李木德后裔四九郎公由漳平回迁至院田，成为开基始祖。历经七百年风雨沧桑，院田成为客家李氏的重要发祥地。

"儒水潆回源开鹿洞，笔峰耸矗秀接龙门。"这副仅存的石刻对联，彰显出李氏家庙曾经的辉煌与骄傲。原来规模宏大、结构精美的李氏家庙，其格局与相距不远的稔田李氏大宗祠相当。如今祖祠虽已改建，但每年春分时节，来自全国各地的木德公后裔仍然聚集在此，祭祖铭恩。

"澄明月印波心镜，淡荡云飞槛外烟。"凌霄阁位于院田村水口，始建于清朝康熙年间，与潺潺流淌的儒溪水构成村中第一道风景。凌霄阁高八级，每级八面，其下环以矮屋，为士人肄业之所。因声名日隆，前辈题咏甚多，现在阁楼外墙上还留存着众多清代墨宝。

院田村是保存客家民居最为完整的古村落之一，村里现有的清代建筑，堪称客家传统建筑三进三堂、三进二堂式的样本。这里保留着大小二十多座古民居，其中有"生气盘郁""迎川至""奠攸居""廊其有容""瑞气遥临"等规模宏大的古民居十二座。建筑风格上既有"九厅十八井，穿心走马楼"的古建筑，也有庭院式、五凤楼、围屋、徽派建筑等样式，每一栋都具有极高的文物价值。这些客家古建筑精美巧妙、开阔大气，既有中原遗风，又有南方特色，是客家古建筑的瑰宝。

院田村有进士、英豪"双子星"，是客家精神的生动见证。清代二甲进士、刑部主事李英华出生于院田。他少有英才，在县内外"声噪一时"，是晚清外交家、北洋政府代总理孙宝琦的老师。他辞华典赡，情韵兼美，著有《丹崖别墅诗文稿》。院田也是忠烈之士李福瑛的故乡。他在明成化年间、正德年间曾屡次追随朝廷平定叛乱，特别是曾受著名哲学家、政治家王阳明调遣，成功平定漳州平和叛乱。据乡志及族谱记载，李福瑛被朝廷敕封兼理文武、出城登仕郎、入城驾前指挥使，清雍正五年追封为忠义英烈，崇祀忠孝祠。

院田村还是客家文化的传承地。院田客家文化根深叶茂,其中以木偶戏和舞狮为代表。根据史料记载,中华人民共和国成立初期院田拥有太拔乡唯一的木偶戏班——老贵华,班主李观音。院田舞狮远近闻名,其表演十分传神,特别以武术表演威震一方。

"江水一定还是那么湛蓝湛蓝/杭城的倒影在涟漪中摇荡/那江边默默的小亭子哟/可还记得我们的心愿和向往……"著名朦胧诗人舒婷的名作《寄杭城》永远铭记着她人生中难忘的知青岁月。1969至1972年,她插队院田村,每天坚持写日记,读书,度过了难忘的三年时光。她所看到和听到的故事、那些熟悉而又遥远的面影,星星一样密布在记忆的天空。她发誓,要写一部艾芜的《南行记》那样的东西,为整整一代人作证。多年以后,她在《小河殇》《心烟》《房东与房西》里,记录了那段难忘的时光。

写于院田村的《寄杭城》是舒婷已发表作品中年份最早的一首,也正是这首诗使她铭记了一段友谊,开始了更加自觉的文学创作。正如她所说:"假如没有友情,假如没有酸甜参半的山区生活……很可能,我不写诗。"

在舒婷的眼中,院田不仅有忧伤的时代之歌,更有清纯的山水之美。她在日记中写道:"我曾经在黎明时分走上山冈,看太阳怎样揭去大地羞怯的面纱——雾,用热吻拭去她的泪点。而大地怎样在火热的注视下苏醒,然后睁开妩媚的眼睛微笑。我爱在炎热的午日坐在葡萄棚下,听南风和绿叶互诉衷情。"

是的,将院田视为第二故乡的舒婷,从来认为自己的忧伤和欢乐都是来自这块汗水和眼泪浸透的土地。于是,她的笔下流出了《祖国啊,亲爱的祖国》这样深沉的吟唱。她说:"纵然我是一枝芦苇,我也是属于你,祖国啊!"

行走院田,就是寻找远去的家园,拾起遗落的诗意生活。让我们放慢脚步,用心品味,在南方的石板路上,在房前屋后的橡树、木棉旁,守望一缕心烟,聆听鸢尾花快乐的歌唱。

闽粤孔道

郑启荣

地处闽粤边陲的岩前镇灵岩村，是一个美丽的千年古村。作为连接广东、福建的交通要道和贸易集散地，这里物产丰饶、矿藏丰富，历来为武平工贸重镇，是福建的南大门，又是"定光佛卓锡地""何仙姑故里"。这里不仅民风淳朴、风景秀美，而且地灵人杰、古迹众多、积淀深厚，许多角落都刻下了深深的历史印记。

宋朝时，这里已商贾云集、十分繁华。古人描述岩前："翠嶂丹崖，四周如抱。中忽另辟一境，延袤可数千顷，而青涧萦纡，随方合局，不假疏凿，盖福地亦旺地也。"明朝时，为抵御外侵筑起了城墙，"岩前城"的名称由此而来，城中心地带的"岩门首"则改名为"灵岩"村。之所以被称为"灵岩"，缘于传说狮岩洞里的定光古佛灵验异常。

何谓狮岩洞？在灵岩村中心平地上耸立着一座巨大的岩石，岩石下方有一大岩洞，宽敞高耸，可容数百人，形似一头昂首张口的雄狮，素有"一峰狮子吼，万象尽皈依"之说，故名"狮岩"，古称"南安岩"。

狮岩洞口有块硕大的椭圆形石头，恰似狮子的舌头，明代哲学家王阳明曾题诗其上："吹角峰头晓散军，春回万马下氤氲。前旌已带洗兵雨，飞鸟犹惊卷阵云。南亩稍欣农事动，东山休作凯歌闻。正思锋镝堪挥泪，一战功成未足云。"可惜此石已在"文革"中被毁。狮口岩洞弯弯曲曲直通岩石北面，洞口藤萝垂挂、荫翳蔽日，在藤蔓和树荫中可仰望蓝天，称为"通天第一洞"。洞口崖壁上刻有明万历年间武平县知事成敦睦的题字"人世蓬壶"，题字方正厚重，苍劲有力。狮岩底下有两条清流交汇，如玉带环绕其下，由狮岩口入洞，旧志云："此谓蛟龙窟宅，俗呼龙穿洞。"洞内石室天成，石钟悬吊，乳柱笔立，形态各异，四时泉滴，冬暖夏凉。朱熹曾为狮岩洞题联曰："一窍有泉通地脉，四时无雨滴天浆"。

洞口正中是定光古佛宝殿，奉祀着三尊客家保护神定光古佛的塑像，正中是"古佛"，左右两边是"古佛"的分身。洞的右侧有一亭子，亭内供奉着"八仙"之一的何仙姑的塑像，依次还有观音堂、地藏王宫，左侧则有财神宫、药王宫、圣母宫，等等，各路尊神俱会于此。

狮岩脚下是始建于宋乾德二年、重修于清乾隆十六年的仙佛楼和均庆寺。省级文物保护单位均庆寺，又名"均庆院""定光院"，中轴线自南而北依次为三宝殿、大院坪、仙佛楼，大院坪两侧为钟楼、鼓楼。仙佛楼居高临下、香火旺盛，来自福建、广东、江西、台湾、香港、澳门和东南亚各国的进香者终年络绎不绝。洞、寺、庵、殿连属，庄重宏伟，富丽堂皇，四周古木参天，林荫掩映，风景优美，被誉为"普陀清院"。当年李纲贬谪兼沙县税务时兼摄武平县事，在游狮岩后留下了多首诗词，择其一以飨读者："石壁玲珑万翠封，天然坠却绿芙蓉。灵根透出虚空界，玉笋排成十二峰。藤蔓绿崖窥法座，涛声夹雨入疏钟。跻攀最有烟霞癖，乘兴还须借短筇。"

狮岩及灵岩西侧的山都是喀斯特地貌。连着狮岩有一蜿蜒起伏的小山冈,其状酷似蹲伏的狮身,在狮身的肚脐位置有一口井泉,是从石灰岩缝隙里流出来的地下水,清冽可口,沏茶尤佳,被称为"狮井泡泉"。

沿着狮岩东侧弯曲崎岖的石阶登上岩顶,俯瞰灵岩,白墙黑瓦,翘角飞檐,古屋相连,小巷交错。但见街上人流摩肩接踵,熙熙攘攘,肩挑手提者、引车卖浆者、地摊叫卖者、酒肆豪饮者……好一幅市井民俗图!放眼近郊,阡陌纵横,良田万顷,春意盎然;极目远眺,湖光山色,霞晖岚影,尽收眼底。远山含黛,十二峰并峙,人云乃当年定光古佛之偈语"一峰狮子吼,十二子相随"而得。

距狮岩一千米处有一天然泉水湖叫"蛟湖"。湖面宽广,湖水清澈,无论久旱或淫雨,水位不变,水深鱼肥,茭白丛生;湖上水气氤氲、雾霭弥漫,岸边芦荻葳蕤、鸟雀成群;尤其在月圆之夜,山峦倒影,月在水中,分外美丽,被称为"蛟湖涌月"。《大明一统名胜志》云:"武平县有蛟湖，相传为定光大师所凿，盖自南安岩，洞壑玲珑，含烟罩雾，伏地流泉，泄为此湖，黛蓄泓涵，水深不测，萍藻冬芹，竞川含绿。乡人趁春时合钱鬻鱼苗放之，至冬乘筏张网取之，长已逾尺，至为肥美，堕地辄冰裂肌流。其长有数尺者，则历年来所漏网也。"

除了"人世蓬壶""普陀清院""狮井泡泉""蛟湖涌月"，狮岩及其周边还有"玉洞观澜""琼宫接汉""芙蓉映月""鸳鸯听涛"等景观，合称"岩前八景"。

狮岩与蛟湖，一阳一阴，阳刚与阴柔齐美，雄浑共秀丽同辉；阴阳并济，相得益彰，让灵岩这块宝地平添了许多魅力，风姿更加迷人。

岩前地处闽粤交通要冲，历来为兵家必争之地。为防广寇剽掠，乡民免遭涂炭，时任明朝"钦差整饬汀漳等处兵备、分巡赣南道、福建布政司右参政兼按察司佥事"顾元镜巡视岩前后说："汀郡毗连江（江西）粤（广东），为七闽藩篱；而上杭、武平直与程乡（广东潮州府程乡县）、平远接壤，则又汀郡之门户也，乃最要无如岩前",并会同知府竺继良、同知黄色中、上杭知县陈正中,率黄敬贤,相其要害,于明崇祯五年八月动工兴建岩前城墙,花费白银万余两,次年十月竣工,屯兵三百把守。自此,岩前城内人民安居乐业,少了许多骚扰。岁月变迁,沧海桑田,如今,古城墙只留下狮岩边上的一小段。

灵岩自古以来就是商业重镇,早在三百多年以前便开辟了多条街道——"东门街""中街""背街""南门街""曾屋街""城脚街""翠丰街""通广街",这些街道或千米之长或百米之短,多用鹅卵石铺就。街道两边商铺林立,酒肆、馆所热闹非凡,四方商贾纷至沓来。但时至今日,只剩下一条城脚街。那些曾经热闹繁华、风光无限,只能残留在人们的记忆中了,代之而起的是一条新建的更加繁华的新南街。

老街在消逝,老房子也在逐渐消逝。在这纵横交错、狭窄古朴的街巷里,众多的古民居曾是岩前城辉煌历史的见证,有庄重肃穆的练、王、曾等各姓宗祠,有古色古香仿照江南水乡建筑的"芙蓉映日",有构建宏伟的岩前大宅门——崇山居，有仿照《红楼梦》大观园建造的园林式建筑、"青山第一家"——淇澳园，有1935年德籍神父贾赖谋创立的天主教堂。城脚街至今仍然保留着抗日将领练惕生的故居，大理石门楣上阳雕的原国民政府主席林森题写的"晖照楼"三字仍依稀可辨。老街上还有练惕生另外一座故居"凤岐庐"，有省级文物保护单位"道南楼"，有工艺师练毓山的"蓴园"，有清末秀才钟伴星的"伴星草庐"。此外，保存较好的还有"亦鲁居""守约别墅""念庐""求志居""雨汀草庐""三槐世第""桃李园"等等，可谓洞天福地、积淀深厚。遗憾的是，由于历史的原因，也由于人们对古建筑保护意识的淡薄，许多古建筑没有得到应有的保护或遭到人为的破坏，其中不少毁于一旦，消逝在远去的岁月里。

走在鹅卵石铺就的小巷里，看着一座座古老门楼和粉墙斑驳的老房子，让人真切地感受到灵岩古村厚重的历史。尽管在原来的街道、小巷建起了一座座新楼，但依然有一些人眷恋着古旧的老房子，守望着那份远去的安宁和淳朴。

灵岩村有五千多人口，以钟、曾、温、练姓居多，邓、王、林、莫、罗、陈、高、李、赖等姓杂居其中，乡亲们世代友好、互通婚姻，使这里人文鼎盛、文华雍厚。

灵岩还出了两个国民党中将。练惕生曾经率领将士英勇抗日，并于1949年偕同另一中将莫希德率军起义。他们连同人称"地上行仙"的曾国光，秉承客家传统，热心家乡教育和建设事业。

岩前中学培养了许多人才，这与灵岩村人自古以来重视教育分不开。灵岩人早在清雍正二年就办起了"紫阳书院"；清乾隆三十八年办起了全县最早的官助书院"希贤书院"，清光绪三十二年改为"崇正学堂"，即今岩前中心学校。20世纪三四十年代，灵岩练姓创办了"私立锦纶学校"，曾姓创办了"私立翠英学校"，天主教堂创办了"崇德幼稚园"，练惕生、莫希德、曾国光等人创办了"武平私立灵岩中学"，即今岩前中学的前身，崇文重教，蔚成风尚。"世上几百岁旧家，无非积德；天下第一件好事，还是读书"。至今每家每户仍是把孩子读书当成头等重要的大事。

　　灵岩,一个历史悠久的古村,一个美丽的客家小镇,正在书写更加美好的明天。

沈坊记

吴德荣

小桥、流水、人家，以及口子上一片风水林，都是小村的标志性景致，沈坊小村自然也不例外。一条四米来宽的水泥道由馆前小镇向东北方弯弯曲曲挺进，一路皆小桥、流水与人家相伴，人家当然不都是相连的，呈零零散散分布状，这才不失小村落别异的韵味。及至一座牌楼出现，并有一溪水流自小堤坝漫过，继而冲泄下来，哗哗之声弥漫处，便是沈坊村口了。过牌楼，转个弯，小村的面目才现出来，小村都是藏着的，在山水里藏着。

沈坊村属长汀县坪埔村下辖的一个自然村，村人大都姓沈，村虽小，却有一座有名的大房子。大房子建于清道光年间，属客家"九厅十八井"府第式建筑。这是沈家人的大房子，大家又叫"沈家大院"，是长汀县这类古建筑中唯一尚存的，且保存较为完好。

青砖黑瓦的大院位于小村郁郁苍苍的后龙山脚下，门楼上"轩高岫远"四字，可读出当年主人居山野造大宅的豪迈之情。背倚山林，前有田畴、溪流，又面对壁崖高耸的云霄山，有翠黛群山，有脉脉清流，还有良田百亩，在此国画般的神韵里安宅度日，是何等惬意！

大宅院一代代沈家子孙都在继承着这种惬意之情，同时也继承着一腔豪情，那是一拨拨踏破门槛游览的外人，这些人惊叹的神情带给那些主人以豪情。九个厅堂十八个天井组成的大宅院的确让人惊叹，惊叹于当年远离城市的穷乡僻壤，竟有如此充裕的钱财造此豪宅，非精明的商贾聚不来此等款项。我邻县的老家也有一座"九厅十八井"建筑，那是我整个童年追逐戏耍的好场所。听老一辈人说，当年建宅花去的光洋可排好几里路。这沈家大宅比我老家的那座更为精美，所花的财物自然更多了。年深日久，山乡一隅往往对尘封的历史缺乏记忆，耗费巨资建造大宅这样的大事也不例外，一代代口口相传，越传越模糊，最终编出好几种版本的传说来应对那些惊讶与疑问，让传说解说因由，让传说带来乐趣，对于寂寂小村，如此最好。

沈家大宅独特的设计也是令人惊叹的一面。大宅中轴对称布局，中轴线由门楼、宇坪、正门、前厅、天井、中厅、中厅背、天井、后厅，及两侧偏房、厢房组成中心合院。中心合院是大屋的核心，也是整个家族祭祖、接待、宴请、举办婚丧喜庆大事的场所。中心合院两边有多间生活用房，后厅部分是楼房，除底层中间厅堂外，也是生活用房。中心合院同时布置多间卧室等生活用房，与其他地方的"九厅十八井"住宅有明显差别。中心合院左右两边是横屋，合院与横屋之间用巷道完全隔开，巷道为露天的，实际上整座建筑已分为三座独立体。这是因现实需要而划区分居的设计，也是防火的妙招，因巷道两边建有高高的防火墙，三座独立体，万一一座失火，才不至于殃及另两座，把损失降到最低点。立于巷道，抬眼望着蓝空白云映衬下的飞檐翘角，观望的快感随风而至，古宅的美感便又一次在脑际舒展。横屋为两层，由小庭院、次厅、卧室、厨房、通道等组合分隔成若干个居住单元，形成多个具有独立性的住宅。整座大院由中心合院和住宅单元组成的横屋，构成了独特的大型九厅十八井的建筑格局，加之大梁、月梁、脊檩、雀替、木窗等都做了雕饰，檐廊做了卷棚轩装饰，雕饰、装饰做法简洁大方，且工艺精细，故沈家大宅在闽西地区可谓大型宅院的精品。

这座藏于山村里的大宅，在乡野气息中也透着不可忽视的文化情怀。书有"和气致祥""居仁由义"等理义的影壁，透出治家与处世的朴素情怀。每个厅堂的柱子上都挂有竹匾对联。大宅对面的山上盛产毛竹，伐取长得特大的毛竹，截取一段一分为二破开，再刻上对联，这种就地取材装裱厅堂的做法，可谓匠心独具，既带入山野灵气，又求得字字珠玑、永世流芳。还有黄慎所题"循乎天理，顺其自然"的草书牌匾。黄慎乃"扬州八怪"之一，邻县宁化人氏，早年宁化至汀州府的古道经由沈坊村，黄慎必是经此古道时被声名远播的大宅主人盛情相邀，才欣然提笔的。自此小村大宅与一代书画大家有了渊源，门楣作证，屋宇留情。

小村和本县整个区域一样，都经历过20世纪30年代的红色岁月。队伍来了，驻扎，革命，沈家大宅留存了一道道革命气息。"红军中官兵夫吃穿薪饷一样，白军里将校尉起居不同。"青砖墙面依然留存着当年上演的红色剧情。

沈家大宅并不落单，旁边还有一处大宅，据说那是沈家大宅建造者父辈所建。老大宅比新大宅规模小了一些，因久未住人，加之岁月的风雨洗刷，已显破败，小村的沧桑之感由此得到释放。

小村虽小，却有两区之分，一片区叫"老屋哩"，另一片区唤"新屋哩"，也就是大宅所在区。老屋哩自然是沈氏先人开基建业之所，新屋哩则是后辈拓展之处。两片区相隔一片稻田，皆人丁兴旺，秉承客家朴实民风，开拓红红火火新岁月。盈盈笑脸融入乡野，村子就多了许多鲜活的记忆。

村子绝佳的登高赏景处便属对面的云霄山峰

顶了。

过田地，穿密林，登石级，赏清泉，一路皆有景点，热心的村人为它们一一取了名号，并刻写在石头上。最有记忆的是"龙盘石"景观，两棵树自一块大石的缝隙里长出，万千根系则纷纷紧搂着石头，其千辛万苦的生长历程，终造就了石中有树、树中有石的景观。

深山藏古寺，那半山腰就藏着一座古寺，晨钟暮鼓，僧众们敲开大山的黎明，也闭合大山的夜幕，大山仿佛收藏着经佛的真言，等待他们一一掘取。山寺往上，路就更陡了，及顶峰部分，都是陡峭壁崖，所谓无限风光在险峰吧。人在千仞之上，人在云霄之上，满腔是远离尘世的雄奇与壮伟，真实也罢，虚幻也好，山下的沈坊小村，人丁繁衍，新老交替，这山都以永恒之姿见证着一切。

香炉峰脚下

林　峰

隅于虎贝的文峰村,陈普祠、奶娘宫等,早已名气显赫。与之相比,香炉峰脚下的龙湾神宫坑,鲜为人知。

好多年前的一个冬日,清晨五点,我逼自己在温暖中醒来,咬着牙,骂着自己,爬出被窝,洗漱时手在发抖。直奔汽车站,才找回血液的流动,那时,也只有一个汽车站,现在,叫"北站"。

小潘身着迷彩服,已经背着可以抵到他屁股的双肩包,手拄登山杖,戴着棒球帽,站在汽车站大门中央,不停跺着脚。看见我时,他一个标准的海军陆战队军礼。之后,我们面面相觑:怎么就我们俩?

好在,有文峰的垂贵兄,他在虎贝等我们。他负责这次野外登山的向导。

第一旗，赫赫有名，海拔接近一千五百米。有诗为证："云边巘岛碧重重，雪里频看便不同。奕奕凌霄生百尺，半天削出玉芙蓉。"

我们就想看一看这半天的风景：这雪，如何；这凌霄，又如何。

大约登了半个小时，空中出现高原蓝，视野极为开阔。朝南，远处可以看到虎贝乡全景，近处则是龙岩头水库；朝西北向，近处是南岭、西坑两村，放眼去则是梅鹤村、文峰村，历史上称为"石堂"，是理学大师陈普的故里。真所谓，一览众山小。我们计划，登上第一旗峰顶后，再去石堂领略它的历史文化底蕴。而位于西北向的山峰尽收眼底，远处就可望见文峰村的香炉峰。

梅鹤、文峰在香炉峰的怀抱之中。一年夏季，垂贵和他的文峰文物保护队队员带我去探寻葛仙洞、香炉峰摩崖石刻，为的是解密道教史书记载的霍林洞。那年大旱五十二天，我们带去的水都喝玩了，满脸汗水，体力消耗大。探寻了葛仙洞、香炉峰摩崖石刻两处景点后，文峰文物保护队队员执意不让我去神宫坑。

我们今天的目标还是抢在正午十二时前登上第一旗。一路走,一路望,十一时左右,我们沿山的脊梁走去,深蓝的天空上奔腾着千军万马般连绵的云,一字排开。山涧有水流声,但已如白练,直挂天际。在沟陷处,一条白练贴在山脊上——冰!全山涧里的水都结成了冰。我们内心抑制不住激动,相互叫着:"冰凌!冰凌!"我们高喊着,顾不得脚下的路,欢腾着直向下冲去。啊,摔下一跤;爬起来,又滑了一下。哈哈,笑声在山顶上随风飞舞。

整个山涧,一个冰凌的世界。

冰凌落在树枝头,挂在树梢间。这是第一旗给我们的祝福——纯洁的祝福。来,留下这难得的镜头。

突然,山涧沟谷中,一大批冰层"哗"地向下落,落在岩石上,炸开声响。冰层的水流开始浮出,恢复它的真面目。而只有山涧边的树枝上,冰还迟迟未融化。等到几乎没有什么能阻挡我们的视野时,抬头便看见一尖山的弧线。啊,它就是第一旗。它已经贴进我的眼帘:黄土沉厚的山色，连绵迭起的线条，竟然会是如此亲近、温暖。

回到文峰后，激动似乎回到了地面。酒足饭饱，我又问起垂贵神宫坑的事。

从文峰村徒步到神宫村，再到神宫坑，大约有二点五千米。最后的一千米，没有路，我们在山坡的岩石与岩石间逐渐上行，有时作动物状爬。看见前面一块巨大的岩石，岩石中，透露出光束。里面竟是蝙蝠的家，我把它们比喻为神宫坑的第一道护山门神，引来垂贵和小潘哈哈大笑。我似乎猜到一半，如此奇观，早被当地村民称为"蝙蝠洞"。

过了蝙蝠洞，我们必须走之字形。坡上，没有可以扶手的枝丫，况且草与砾石中还夹杂着冰碴儿。我们得侧着身子，小心滑倒。当然，垂贵更辛苦，他的肩上还挎着一捆绳子。

到了。垂贵指着大约十米元的一垛岩石阵，同时似乎传来水流声，那声音从岩石与岩石间传来。没想到，岩石间，有村民铺设的木板条。

有人来过？我问。

总会有些人来的。垂贵答道。

他先爬过岩石角,再扔过绳子,要我们绑在腰间,再如他一样,匍匐着过木板。过了岩石与岩石间,突然有一个口,豁然开朗。

现在,神宫坑是椭圆的冰雪世界。

高八十多米,一直延伸到洞口顶,隐约中有高大树木。洞口顶上是哪里?垂贵回道,有人去过的。

冷,连光束都如此凝重。从上而下的瀑布,结成白色的布,挂在崖壁上。水流声隐藏在冰之后。我们从另一侧崖壁下,直线距离有十余米。我们不敢向前,去看看瀑布里面,因为,椭圆形的地面上的潭水,结着透明的一层。

喂,我们想与它对话,回音缭绕,看,它回应我们了——喂。

整个崖壁湿润,几乎看不到苔藓。水潭里的水,从缝隙中冒出来,一直流向我们进来的洞口方向。我们仨都俯身,掬一口清泉。

洞里,温度极低,估计是零下三度左右吧。我们如果不动一动脚步,估计会成为"冰"马俑了。我们知足了。我们仨尽情地拍照。多年后我想起那张照片，恍如隔世。

我几乎忘了是哪一年，回到城市，这里有网络，有博客，有文字记录——2005年元旦。时间过得很快。

又过好久，有一次，我遇到垂贵兄，我们聊起了第一旗顶上的高原蓝，聊起山腰上的冰凌、山顶枯黄的草和石垒的祈福台，聊起下山在他家里喝着文峰老酒，一直喝到没有菜了，他从谷壳篮里拿出鸡蛋。他说，如果不嫌弃的话。那夜，或许是太累，或许是酒，患有失眠症的我，竟然连梦都没有了，似乎全都是煎蛋的香。

我又去文峰时，已是许多年后的春天，满山的绿，已经找不到去神宫坑的方向。我问一村民，哪里是香炉峰，他遥指东南方，探秘神宫坑的画面又仿佛在眼前：三个单薄的身影、零度、第一旗与无名峰、蝙蝠洞、飞檐结冰的瀑布……

这有别于尘世的山与水，对我来说，一切尽在冥冥之中。

/ 山河记忆 /

千年潋城

冯文喜

驱车往潋城,是在一个午后,阳光依旧灿烂。

潋城就在太姥山东麓纱帽峰下,沙吕线旁。古堡被沿线的红砖楼房遮住了,看不到它整体的轮廓,须下车进城慢慢游览。

城门洞开,人来人往,许多孩童哼着歌儿,一路嬉戏;偶尔遇见头戴斗笠、挽起裤腿的农人,挑着或提着什么,悠闲地从堡下走过。

潋城,古潋村,早在唐大历年间,就有杨氏先祖聚居。几部泛黄的族谱,断断续续地记载着族人的起落兴衰。唐乾符三年归乡隐居的金州刺史林嵩在城东门外修建蓝溪桥。明蒋文嘉有诗描写蓝溪:"短蓑牛犊溪头路,欸乃声中绿树低。"穿蓑衣的牧童,初生的牛犊,欸乃声声的渔舟,如果再下一阵雨,岸柳依依,溪水如洗。物换星移，当年碧水如染的蓝溪一去不复返，唯有蓝溪桥岿然不动、屹立旷野，仿佛向经行的路人诉说不尽的沧桑。

南宋时，潋城是个人文荟萃的地方，许多先哲寓居或讲学于此。南宋庆元年间，朱熹以禁伪学避地长溪，寓居杨楫家，讲学石湖观，吸引了不少莘莘学子到此理学论道。潋城一时宗风大阐，名儒辈出，后先辉映。前有杨淳礼，崇宁五年进士，授兴国军司法，转太学博士，与乡人黄荐可、林乔卿时谓"北乡三博"。后有杨楫、杨兴宗，皆为杨淳礼孙。杨楫是朱熹高足，理学重要传播者，淳熙五年进士，一生刚介有守，出任过安庆知府、湖南提刑、江西运判。史学家郑樵也来过潋村，在城外灵峰寺题《蒙井诗》："静涵寒碧色，泻自翠微巅。品题当第一，不让惠山泉。"杨兴宗负笈从学，后来投靠在林光朝门下。孝宗皇帝很赏识杨兴宗，除武学博士，迁校书郎，与林光朝共同校文省殿。著名永嘉学派人物郑侨、陈傅良、蔡幼学都是杨兴宗的门人，与杨兴宗一起修撰《四朝会要》。唐宋以来，潋城出进士、任知县者有十余位！

曾经登过几座古城墙，全都蚀痕斑斑，许多人事都不可读。而潋城古堡却保存完好，墙上墙下虽长满杂草荒藤，墙体却丝毫不见有破败迹象。绕城堡走一匝，就有一种踏进历史的感觉。整个城墙由糙石平砌或叠砌而成，依山势而筑，开东、南、西三个城门，今天，仍然是人们进出潋城的通道。经年累月，人们的足履把城楣棱角磨得光滑圆润，手摸青条石，瞻望烽火台，你会很自然地想起古代的先民来。

为什么要修筑这么高大的城堡？难道这也是兵家必争之地？《福鼎县志·海防》载："福鼎地处闽北，与浙洋交界，最要口岸有三：曰'南镇'，曰'潋城'，曰'秦屿'，逼近外洋……前代屡遭倭警。"只言片语，详尽古堡兴筑时代背景，及它特殊的地理位置。明嘉靖年间，乡人叶、杨、王、刘等姓分段兴建城堡以抵御倭寇。明永乐四年，建有潋城仓，计一十九间，储存谷物两百八十三石，有一定的物资能力用于修缮城堡。清乾隆八年，清县府把杨家溪巡检司转到潋城，设立潋城巡检署，设巡检一名、辅司兵二名，负责就近巡防堵缉任务。随着时间的推移，设有兵弓宿房、仓廒厅廨的司署，完成了自己的使命，悄然退出历史，时至今日，痕迹荡然无存。

潋城无疑是一座保存较完好的古村落。一条石板街，自东贯西，将堡一分为二。小巷甬路错杂纵横，置身其中，不知所归。鹅卵石镶嵌的庭径，条石左右相夹，匀称、平整，走Z字形，延伸到各个庭院。街心中央由鹅卵石砌成的八卦图，引人驻足。抬头再看宅门"紫气遥临"横匾，漫漶着沉稳而健爽的书法。屋宇竞相迭出，美轮美奂。城中原保存有明清古民居大宅厝二十余座，可惜在1933年遭兵燹，几乎夷为平地。如今遗留下的门楼飞檐斗拱，依稀可窥当时的规模与精巧。

潋城不像中原城池那样气势恢宏，也不具备江南水乡那样的雨雾蒙眬，传统的民宅布局和民间风俗相融合，造就了潋城独有的建筑文化气质。堡中按地形划分为四境，每境均供奉神明。

城东门属东麓境,建有七圣庙和泗州文佛。七圣庙已经不存,可能被另外的建筑物所代替。而建于宋代的泗州文佛石屋,完好如初,须弥座上雕刻有双狮戏珠、人物、花卉,造型古朴、生动,神龛被香烛熏得发黑。城南门为庆云境,有建于清道光九年的顺懿庙,供奉"顺天圣母"。庙宇修葺一新,神像彩釉鲜艳,吸引众多香客。每逢春节期间,地方信士搭台公演,并大举出巡,鸣锣开道,后随无数旗幡,礼炮轰鸣,前进后拥,蔚为壮观。旧时有俊俏孩童,扮成剧中角色,立在大人肩头,称"踏跷",仪式隆重,闹到十五元宵,方偃旗息鼓、设宴祈福。此外,西门称"金鳌境",有庙称"杨八宫"。北门属东牙境,因旧时风水之故,不设城门,俗称"衙门里",供奉齐天大圣。每岁农历七月十五,在其宫中演戏三天三夜,十里八乡村民聚而欢堂,形成庙会。今戏台仍在,屏风如画,中有天井四四方方,戏廊接连二十余米,犹存古风。大圣宫还是中共党史上著名的"潋城暴动"的会址,为福鼎民主革命写过光辉的一页。

细步城中街市小巷,村人都会向你投以亲切的目光,搬一条凳子坐着,随便找一位村民攀谈,他都会向你讲述一个个动人的传说。潋城始终保持着淳朴的民风,这里每年过两次端午节,七百年来已成完例。城中古井密布,井栏呈各色形状,甘洌的泉水依然喷涌如花,站在井沿,你开始有新的感想了……

春到南岩不思归

黄曙英

正值阳春三月,桃红李白菜花儿黄,一年最美的韶光里遇见古朴的南岩,一下便沉醉在这种清丽的乡间春色里。这只是大自然的调色板呈现在我眼前的亮点,正如好多来过南岩的朋友所言,南岩的美,不是表象,而是她的内涵。好比一只貌似拙朴的宋代茶盏,只有用心"把玩",才能体味其中的美妙之处吧。

南岩村位于福安市潭头镇东北部自然保护区腹地,全村辖南岩、外洋、洋山等三个自然村。其中洋山是福安市著名的老区基点村,保留着第二、三次国内革命史迹,时名"上东区"。该区域毗邻西洋镜、干诗亭村,并与城阳镇、柘荣黄柏乡接壤。这个海拔六百多米的中国传统村落,有着七百多年的建村史。其四面环山,呈盆地状;登高俯瞰,村景形貌更是独特,自古有"舞凤与跃狮献瑞盘龙与踞虎效灵"之说。据族谱记载，元大德元年南岩肇基祖少招公（讳世昌），自述"余佳浆人也。我祖雍公于仁宗天圣九年自冯坑而迁佳浆，至今四世矣。但思此地狭隘后之子孙昌盛恐难聚居，闻离韩阳四十里有地名曰'领口'，龙盘虎踞，竹苞松茂，田可垦，土可辟，一日揽胜至此意决往迁焉"，后改名"南岩"。自此周翁山之后，闽王王审知后裔一脉，筑室迁居南岩，遵从祖训，崇德重教，诗书耕读，润土发祥。而著名的"南岩十景"，大王树、夫子桥、古巷井、莲花山、火星岩、仙人洞、蝙蝠洞、小龙湫、狸鹅碛、旧战壕，则以独具的山水风物、自然造化，演绎着南岩不老的传奇故事。

还未走进南岩村，远远便能望见村口依山造势分布二路，形似双鲤戏珠。经左侧古官道而行，一字排开五显宫、大王庙、土地庙等民间信仰宫庙，体量虽不大，均为明清时建筑，有过不同阶段重建，村人逢年过节，均会到此祭拜祈福。密林掩映的大王神龛，龛为石构，龛上古木参天，其中一棵千年槠树，需四人环臂才能合抱，那高耸挺拔的身姿让人不由惊羡称奇。村民介绍，该村植物种类丰富多样，现有千年红槠木三株、五百年以上柳杉一株，百年香樟群、百年松木群等更是集群生长，生态优美、环境怡人。现有完整保留的古官道遗址，名"东路"，为福安城关赴京官道，起点为城关棠发洋，经占洋、仙岭、车岭、石牌至南岩、千诗亭接柘荣，从浙江沿线进京，至今仍为乡民上山必经之路。

沿官道再向前千米，有一小溪贯穿而过。据考证，该溪流古时水面宽阔，溪流上方建有木石混合结构十扇廊桥，名"下桥"。下桥上方两千米处有一"上桥"，可直抵里村。两桥对称，结构完全一样，惜几年前因山洪冲刷损毁，现重建为石构廊桥。

从下桥沿溪涧拾级而上，不远处有一青石构筑的明代四方古井。虽然这里的古民居家家后院都有泉眼凿井，但群众还是喜欢到此汲水饮用，于溪涧井边洗衣择菜修农具，边唠家常，其乐融融。

依山而建，这是村中古民居一大特色。井边石道与村口另一路相通，连接古民居群。穿行于古屋间的石道与古官道的用料不同，不再是当地片石所砌而是以青石片为主，承受着经年累月的磨砺，脚下的石道在阳光下散发着温润的光泽。曲径通幽处，又见村中心有一水池，长方形，约十平方米大，村民称"池兜"。这池兜的消防功效仍然存在，而这种布局的匠心，在家家户户的庭院乃至私塾书院都有彰显，一方天池，清可鉴人，锦鲤青鱼悠然游弋，自得其乐。从这溪、池、桥、井、祠，还有高矮门楼、烽火粉墙、榫桁栋瓦、窗花木雕、柱石门楣，以及这脚下纵横交错的村街巷道，处处可见先人的苦心孤诣与智慧才情，也透射出南岩建筑美学意味深长的儒家风范。

拾级而上，村中现存最早的众厅及两侧建筑为明代古厝，是古村风光览胜最佳观景台，也是历代人才辈出之地。其左有笔架山，右有砚台池，过去是村中议事重要场所、学子进京赶考驿站以及南岩耕读文化发源地。中华人民共和国成立后,这里更是学风炽烈,还办起过完整的小学与初中班。自古以来培育不少贤达英才,仅近代就有学士、硕士、博士百余人,还出过省文科状元和宁德市、福安市高考状元。沧桑迁演,经历岁月洗礼的众厅已是满目疮痍、风雨飘摇,目前村委正在实施抢救性修缮,让这时间的老人与南岩文明进程的实物见证者,重焕异彩。

会临高处,俯瞰全景,感受春风扶摇、丽日普照下的古村落宁静致远的美感时,不料有一个更大的惊喜,让人蓦然坠入世外桃源的迷梦中。一个拐弯,在一片金灿灿的菜花中,一大片古建筑群赫然闯入眼帘。静静地凝视这座由五幢大型清代古建筑合体的王家大院,难以想象福安境内、偏安一隅的南岩村落隐藏着这么一处闽东少有的、规模大而保存如此完整的清代大院。自小有诗书耕读情结的我瞬间无以言表与王家大院意外相逢的喜悦,整个思绪被春晖、炊烟、田园、远山、翠林,还有这宏大而精致、古朴而清丽、粗犷而典雅的建筑格局所捕获。我为南岩先人充分利用地形优势,创造了这如双珠、如盘龙的格局，啧啧称奇。

王家大院坐向一致，向东坐西，六扇八廊庑，木构，青砖，穿斗式建筑。王家大院用料大，雕刻更是精细，那门楼、牌匾、围屏、联扣、方桌、案台、石联、柱础、木雕、窗花等的样式及工艺可谓美轮美奂，具有深厚的人文底蕴和高超的艺术内涵，散发出古文化的幽香。各式石雕极具特色，如青石铸就的宅院大门门框，采用阳刻手法，横批刻"瑞霭凝祥"，左右刻对联"兰亭新世泽，槐里旧家风"，颇具古风古韵。而青石水槽、石臼皆为纯手工打造，四壁光滑，厚薄均匀，做工精美，根据生活所需大小不一。水槽还按排水量设有一孔、三孔、六孔，体现了古人匠心独运的高超技艺，颇具研究与赏玩价值。王家大院在安放大门上，也极有讲究，大门有两座向北安放第二重大门，其中私塾大门向北安两重大门。前面排行的三座古建筑，有个特别动人的民俗故事。据说，清咸丰年间二十六世祖奎六公的三个兄弟择吉日良辰同时起厝上梁，但这么大规模的建筑要按时奠基，一口气起厝上梁，实非易事，首先要上百名的强壮人手。为此，充满智慧的南岩人策划了借力、助力、合力起大厝的创意活动。他们广发请帖，于吉日请民间戏班公演助阵，免费宴请八方宾客，制作传统糍粑，吸引了远近上千名观众，甚至柘荣黄柏村的村民都沿古官道翻山越岭赶来凑热闹。其时，良辰一到，鞭炮齐鸣、锣鼓喧天，吃饱喝足过了戏瘾的看客们见东家盖新房起大厝，义不容辞，争先恐后，齐心协力，递木头、拿砖头、挑土抬石者络绎不绝，三座大院平地而起、同日同时落成。"众人合力起大梁"的壮观场面令人难忘，也影响了好几代南岩人。王氏鼎盛期，有知县、举人、武庠生、太学生，代代私塾学堂亦薪火相传。族谱中记载的"为人治学，儒家道德为上"和"子孙贤惠，兴家旺族，教育兴国"，与我国现今倡导的社会主义核心价值相一致，有一脉相承的精神内核。而由此沿袭、衍化的习俗，如家家户户过年做节、吉日良辰请戏班公演社戏，做糍粑分送亲友，宴请远近来客，传递着南岩人淳朴好客、和谐团结的民风民俗。

静坐王家大院旧时私塾的回廊里，观鱼翔清池，听泉水铮琮，品清乾隆皇帝赐名的"岩岩功夫"之松针白茶，不由羡慕这里的一方水土一方人。私塾大院的主人系七十七岁的抗美援越复员军人王全妹。他退休后归隐家乡，躬耕勤作，其乐无穷。正当他向我讲述村里的粗坑战壕由来和红色革命史时，一位中年男子兴冲冲地跑了进来，提着一箱牛奶，一屁股坐在王老面前，难掩喜悦地问王全妹老人："阿伯，我找你好辛苦啊，你记得我吗？"王老一脸迷茫地摇头，但不忘招呼同来的女客坐下喝茶。心急的中年人见我们在拍王老的奖状与军功章，便向我们表示歉意，道出其中原委。原来他是位骑行爱好者，上个月从城关骑行到该村，在田野间偶遇正在挖春笋的王老，便向老人求购想让家人尝鲜。然而，当他回到家里准备剥笋煮菜时，却发现他给的十元笋钱，老人用红塑料袋包着偷偷塞在笋下还他。感动之余，他便今日得闲和家人来村里寻找看望老人。一个小小的插曲，让人心生温馨情愫。

时近傍晚，我们结伴一路聊着南岩的过去、

现在与未来踏上回程的山道,但我的心依然沐浴在南岩和煦的春风里,恋恋而不思归!一如朋友们所言,南岩来一次是不够的,它值得回味的地方还很多,要不断地挖掘与体味,你才能诠释它的美!我想,不论是扎根土地的村民,还是孜孜以求家乡复兴之路的乡贤,不论远在他乡的莘莘学子,还是怀揣梦想、奔波漂泊的旅人,南岩的美是他们永难忘却的乡愁,而这种美,将由一代代南岩人传承下去,在南岩不老的春天里惠芳远扬、生生不息!

走进土坑刘氏古民居群

李集彬

穿行在土坑刘氏古民居建筑群里,有风从我身边经过,一阵又一阵,从这一个门洞进入,又从那一个门洞出来,毫无顾忌地穿越长长的巷子,在房屋和房屋之间来回奔跑。

我数不清这个村庄一共有多少座这样的房屋,一座又一座,接踵而来。我来过这里五六次,每一次来,冷不防又撞见一座以前从来没有见过的古老的房子。

南面那座清朝"刘百万"(刘端弘)的古大厝,三进五开间双护厝,据说有一百个门、九十九个窗、十一个天井。那些门,那些窗,一扇扇打开,一扇扇关上,那需要多久时间啊!大门两侧,旗杆座簇拥着分列两旁。这么一座宏大的古建筑,它究竟要标榜什么?我想,一是财富,二是地位。这是乡村的朴素理想。也许这一座宅子的主人他是实现了。你看,它身后鳞次栉比的闽南"皇宫起"古大厝,几十座,一行行排列开去,三百多年过去了,安安静静卧在这里,在阳光下散发着一个家族历史浩瀚的光辉。

走进村庄巷子,一扇枯朽的木板门扇被风推开,倾侧在那里——也许三百多年前,或者更早,它从来没关过,一直敞开着。这座古大厝不像刘百万的古大厝那么大,但也有许多门、许多窗,也许打开又关上,关上又打开,后来累了,不管它了,便一直开在那里,任凭爬虫、鸟雀,甚至风,从那里自由出入。后来连居住在里面的人也悄悄离开了,这一座大房子便无人居住、杳无人迹。野草从地板上、墙缝间、瓦楞上蓬勃生长起来,阳光从塌陷的屋顶上倾泻下来,翠绿和金黄铺满一地,四周静悄悄的,只听见时光缓慢、从容、沉着前行的声音。

那一个刘百万,被村民亲切地称作"黑伯"的乡下老人,长衫马褂,瓜皮小帽,此刻正端坐在选青斋前面凉亭的圈椅里,手持长长的烟斗,烟早已熄灭,风掀起他的衣褶,一切在时间里凝固。那株高耸入云的古老的攀枝花树，叶长了又凋，凋了又长，花开了一季又一季，黄黄红红，全都零落在小小拱桥和一池春水的怀抱里。树根暴露出地面，一横一竖，竟有人腰粗。后面一小阁，供奉关公像，许是旧武馆。蓦然回首，发现刘端弘笑了，不知他笑什么，是想起当年率领船队穿越波谷浪尖的挥斥方遒，还是听见三百多年来选青斋里永不泯灭的朗朗书声？他身后是云一般气势恢宏的古民居建筑群。

南有刘端弘，北有刘端瑜。刘端弘闯关东，刘端瑜开杉行，都成一方巨富。耕读传家是中国农业社会的理想生存方式，即便再有钱的人家，也希望能够通过科举考试争取一定的社会地位，来光耀门楣，于是刘端弘去找刘端瑜。他们早有共同的想法，两个人一拍即合，一南一北兴资办学，资助族中子弟学文习武。南有选青斋，北有凌云斋，不管是刘端弘，还是刘端瑜，用意如出一辙，都在于培养青年才俊。果然，几百年来土坑村文风鼎盛，入仕者七十多人。封建社会里，政治与经济总是相互促进、相辅相成，自此，土坑村不断繁荣壮大,房子越盖越多,形成现在这般规模。

选青斋,中华人民共和国成立后改建为小学。凌云斋,楼阁犹存,村民叫它"大馆",从现存的房屋规模和形制上看,完全是古代私塾模式。大馆门前五株古榕树,高二三十米,枝干虬曲,遮天蔽日。不知为什么,乡人称它"德元的",榕树下也叫"德元树下"。这个"德元"究竟是一个人的名字,还是一座书斋的名字?"德元":德行居首,道德方面的楷模。起先我想,也许是一座书斋的名字吧,古代一向把道德教育放在首位。后来才知道,是一个人的名字,这个人是他们的祖先,他是不是刘端瑜? ……站在门前的砖埕里,似乎还可以望见一些留着长长辫子的年轻人,捧着一卷书从门里出来,在树下来回踱步,口中念念有词。这里面有刘开泰、刘逢泰,还有许许多多人。从这里走出去的刘端瑜的儿子刘开泰,清道光十七年武进士,江西南赣总兵(正二品),钦赐提督(从一品)。据说清朝惠安九提督,刘开泰居其一。后来他与太平军石达开对峙，苦战半个月，死于军中。这一段历史《清史稿》卷八十七有载。《天国志·天王本纪》记录较详："甲寅四年，十月十八日，（翼王）破斩清赣南镇总兵刘开泰父子于宁州马坳。"根据这一段记载，刘开泰死时是总兵，那么提督衔该为死后所赐。

刘百万的大宅门进去过。刘开泰的总兵府，为何找不到？在当地村民的指引下，从一条淹没在荒草里的小径进去，七拐八弯，终于发现一个庭院，里面矗立着一座高大的神道碑，不知为什么立在这里。也许是哪里发现的，搬到这里来的吧。大门两侧一对旗杆座，后面一座看似平凡的古大厝。难道是它？是的，这就是我要找的石碑，高大精美，上面刻着"赐进士出身，诰授振威将军……江西南赣总兵，官逮赠提督卫世袭骑都尉兼一品尉"。是的，就是它了。看这一座宅子，并不堂皇，连门廊砖雕也十分简朴。其实，从闽南现存的许多仕宦府第来看，当时的高官在乡间都很内敛。比如那个当到禁卫军统领颇受光绪帝赏识的二品侍卫黄正元，他的侍卫府不也十分简朴吗？这一座总兵府里，据说20世纪初还保存着一套铠甲、一把八十多斤重的长柄大刀、一块"钦赐两世三忠"牌匾，还有名人字画等等。现在一切消失了，两扇木板门紧紧关闭，一对门神不知为什么被抠去脸部。我想，是不是小偷做贼心虚把门神毁坏了？这一个村庄里，据说很多老宅里的木雕构件都被小偷窃取净尽。

看门前一排房屋，居中一间，门楣上泥塑二字"腹泰"。我想，也许是古人关于厨房的雅称，或者是那个叫刘开泰的人给自己的厨房起的别号，那么他该是一个内心优雅的人了。

从那里退出来，在进去的那条小路旁边看到一座不起眼的半颓了的老宅子，大门已被青藤封住，门楣上泥塑"勖斋"二字，什么意思？这是哪一位读书人的房子？回来一查：勖，勉励的意思。把自己的房子命名为"勖斋"，看来是一位志向远大的人了。那么他是谁？我想，这一扇紧闭的大门后面，一定也隐藏着一段动人的故事。

海上雄关　心灵卫所

陈金土

六百年前，一片片望不到边的城墙，种植在突兀嶙峋的海岸峭壁上，吸纳了历史的风风雨雨，盛开了石头的雄浑之花，背负着山之灵气，迎接了海之风味，守卫着几百年的国泰民安。数不尽的林立帆樯，无垠的喧嚣与骚动，爱恨忠奸与家国天下在这里发酵升腾，来自大海深处入侵者的掠夺欲望被粉碎在卷起千堆雪的海岸沙滩。

福全，一个载誉海疆的坚强堡垒，一张保家卫国的国防名片！

这一座曾令顽敌为之丧胆的海上雄关，这一幅扬我国威的海洋画卷，这一幢闪耀过明代末年施政光芒的宰相府邸，这一处积蓄科举辉光实现功名的奋勉海村，这一条轮转柴米油盐的绵延古街，这一排满是山货海味的热闹商埠，一切的一切，在此蝶变龙行融汇为同一的荣誉——福全古城，泉州东南的锁钥之地，晋江海涯的商贾集散地，眺望莽莽泉山，勾连悠悠晋水，抒写过叱咤风云，来到了今天，却被惊涛骇浪漂洗成了名不见经传的村庄。

福全，海上的雄关，心灵的卫所！

福建省晋江市金井镇福全村，位于号称泉州"三湾十八港"之一的围头湾内，东望水波浩瀚的台湾海峡，西邻逶迤向远的沿海大通道，北连石圳村，南接溜江村。明代初年，为巩固海防，太祖皇帝朱元璋下令在帝国沿海的险峻突出之地筑造卫城。洪武二十年，在泉州民间传说里赢得昭著臭名的江夏侯周德兴，遍览了泉州一带的沿海山川，奉命在福全筑建卫所。海上雄关福全开始出现在明代初年的泉州府晋江县南门外十五都，嵌入大明帝国的卫戍系列，写进华夏东南的史乘志书，丰富了海峡西岸的民间传说。后来村民为避明代中后期的倭寇之乱，纷纷迁入卫所之内，在所城之内形成村庄，故称"所内"。

建成以后的福全古城有官署、军营、演武校场，并建有十六个用于屯兵宿营的窝铺，城门四座，上有城楼。由于受到地理位置、地形风貌的限制，更为了配合军工建设的需求，整个卫城的外形酷似一个葫芦，被称为"葫芦城"。其中，出于军事防卫的现实考虑和刚性需要，从内部格局来看，一字排开的北门街与西门街、庙兜街等街巷，与南门的前街和后街等，构成了一组组丁字形的市井格局。其不但适应战争运用的实际原则，而且蕴含了闽南人"人丁兴旺""兵丁强壮"的祈盼与祝愿。明永乐十五年，就是在郑和第五次下西洋并行经泉州，在清源山脉的东麓——灵山圣墓留下"行香碑"的同一个年份里，都指挥谷祥将福全卫城城墙增高，加筑东、西、北三座月城。明正统八年，都指挥刘亮和千户蒋勇，增筑四门敌楼。清康熙十六年，总督觉罗满保和巡抚陈瑸重修卫城。城的规制和建设日趋完善，城的历史和功用也更为丰满。

城内的老街古巷在蓝天、白云、青树、碧草下纵横交错开来，当年的建造者搅拌了智慧与汗水，用不规则的石块，铺就规则的巷道，不经意之间切割出井然有序的"十三境"，其中居住着一千多户人家，有数十个姓氏，遂有"百家姓，万人烟"之称。

福全卫所和它的建造者、守护者一样经历了血火的考验和岁月的风霜，迎朝霞，送落日，烽烟和炊烟共同袅娜，血水和汗水交互流淌，冷剑和热情一起燃烧。城里陆、海两个兵种，千余名的常备驻军，管辖着北到惠安大岞，南到金门料罗湾的广大海域。特别是在明朝中期，倭寇猖獗犯我期间，福全军民数次击退倭寇和海盗，福全卫所成为保障东南沿海一方安宁的海防重镇。千户蒋继实骁勇善战，海陆兼通，带领兵众多次击退倭寇的轮番进攻。千户蒋学深与全体军民同仇敌忾，让沉寂多年又卷土来犯的倭寇，在福全的沙滩之上连连败北，蒋学深也成为泉州卫和永宁卫的驰名千户。福全秀才蒋君用在时任千户怯敌欲逃的千钧一发之际，用读书人的义胆忠肝说服了官兵，用爱国者的毁家纾难树立了标杆，飘摇风雨转为钢铁长城，意欲溃退的足迹变成执着前进的步伐。兵民一心，其利断金，蒋君用们用忠贞、智慧和勇力苦守卫城整整三个月，最后化守为攻，斩尽敌寇的魔爪！

无数次驱车经过，无数次徘徊城下，无数次漫步在接缝分明的石头巷道上，昔日的固若金汤和巍峨繁华在心间踊跃闪现，倏地走向了沉寂，又再度兴起。

福全，一个收集了战火硝烟和碧血丹心而被载入史册的村庄，一个历经桑田沧海而淡出了泉州人视野的村庄，在明清两代虽然"贵"为海疆军事要塞，相比大城镇却无异于弹丸之地。即便如此，除了恪尽海防前沿阵地的职守之外，它还是一个人才辈出的地方，许多姓氏的祠堂前面都树立着标榜科举荣耀的高高旗杆，有"无姓不开科"之说。还有不少名将、鸿儒、巨商，或者载于史册，或者传于口耳。其中最有名的当数蒋氏，不但世代承袭所城千户的职务，还出了一位相国，他就是明代著名的政治家蒋德璟。他侍奉过明代天启和崇祯两代皇帝，后来还效忠于偏安一隅的南明福王和唐王小朝廷，将不变的耿耿忠心继续奉献给苟延残喘的王朝，在山河破碎、人民流离的大变革时代，在祖国的蓝天用力涂抹过千秋亮色。他担任过礼部尚书、户部尚书等重要的高级职务，晋太子少保、文渊阁大学士，入阁拜为首辅，成了民间所说的"阁老""丞相"。他持正守恒，秉公处事，充分发挥宰辅的职能，为国荐贤。他博学强识，精研国务，善于理财治兵，一生以拯救百姓为己任，更是福全引以为傲的人物。现在，肯定无法在古都北京找到蒋德璟的"相国府"了，却还可以在晋江金井的福全找到依稀的影子。村里至今还残存蒋德璟的"相国府"遗址，有正厅一座及府第围墙、花园、饮马槽、大石砗、旗杆石等物件，以供后人凭吊。蒋德璟的父亲蒋光彦一生为官正直、文武兼修，给了蒋德璟很好的人文影响和文化熏陶，他和父亲，以及弟弟蒋德玮都是进士出身，都曾为国效力，赢得了"父子进士""兄弟进士"的美誉。

城外靠近溜江村的地方，有纪念五代时期的"晋江王"留从效的庙宇。说起留从效，现在了解的人似已不多了，但如提起刺桐城，知道的人却可以车载斗量。留从效就是在泉州旧的衙城和子城的基础上扩建新城，将古代泉州城的高度、厚度和宽度放大了七倍,并且环城种满了刺桐树,使得泉州城赢得"刺桐城"雅称的那个人。留从效从小因为孝顺母亲、尊敬兄长而远近闻名。长大后,他因为行商贩货经常路过溜江村附近,一天晌午得以就食于老婆婆许媪家。他担任军职后,因为军功不断升迁,赐许媪宅第良田,那一带被叫作"许婆庄",后又谐音为"古婆庄"。留从效最大的功绩是他善于应对诡谲多变的历史风云,为处于五代战乱时期的泉州、漳州一带的人民赢得了相对安稳的生活生产环境。他还能够体恤民间疾苦,以勤俭养民为务,召集民众垦田围海、兴修水利等,老百姓为了感念他,就建庙来祭祀他。留从效庙始建于宋,历代略次重建,现存为民国时期的建筑物,为三开间二进深单檐硬山顶建筑,庙内还存有宋代覆盆柱础及棱形柱,青石门柱为上粗下细形状,较为罕见。

城内的元龙山上,巨石林立,站在山顶,可以眺望烟波浩渺的东海。在战争时期,这里还是观察城内外的瞭望台和抗倭的指挥台。和平时期,文人骚客在此观赏佳山秀水,留下咏诗题刻。附近分布着"元龙山""天子万""山海大观"等摩崖石刻，古老的残存诉说着历史的记忆，字迹遒劲有力，规制气魄宏大，是研究明代福全所城历史人文积淀的实物佐证。

"福全"名称的由来，还有一种说法，据说跟载誉至今的"福船"有关。福船是中国"四大古船"之一，是古代海船中的一种船型，为闽浙一带沿海尖底海船的通称。明朝廷派出的出国使臣乘坐的官船即为福船。郑和下西洋的船队驶向西洋各国，途经太平洋、印度洋，还要去波斯湾和东非沿岸等深水海域，选择的仍然是这种尖底、深吃水、长宽比小的船型。因为"福船"和"福全"在闽南语中读音相近，寓意也有相同的地方，所以成为"福全"得名的另一种由来。

六百多年前，一个海风吹拂的边陲之地，处外寇妄图肆虐的海岸关隘，不但撑起了保家卫国的传奇，而且繁殖了生生不息的文化。尚武和行文，是如此不经意，又是如此完美地在此结合，绽放出瑰丽的边海之花。

六百多年后，祖国海疆范围早已向海的更深

处推进，在现代意义上的海疆展示着中华的英姿，福全卫所的古代功能早已完美收官，却掩不住我思绪的纵横驰骋。我宁愿相信，这是万夫莫开的海上雄关，遏制了侵略者的贪婪、卖国者的无耻。当然，更主要的是已经载入史册和更多未能载入史册的爱国者，曾在这里的城上城下呐喊厮杀，他们忠贞果敢、英勇无畏，流尽最后一滴鲜血也要守住城楼。福全卫城不仅不会因为城墙曾被拆卸移作他用，仅留残垣断基而中断它的历史和精神，更会因为有望恢复当年的海上雄姿，而无限延续它的人文光辉。

古韵悠扬忠山村

连传芳

得知忠山村这个名字在数年前,心仪已久只是无缘一睹其风姿。前些日我们受忠山村邓庆华、杨裕群两位朋友盛情之邀前往,从三明驱车经过格氏栲森林公园,四十分钟便来到忠山村。忠山村背倚秀美青山,清流抱村穿户,百幢元明清时期灰墙青瓦、鳞次栉比的古民居静静伫立。徜徉在那一片黑瓦之下、高墙之内的大屋,左顾右盼之间,步步有景,引人入胜,视觉每一秒都有一个落点。来到先贤祠,大门口悬着一副对联:"追衍传理原精一,钦崇学道本时中"。打开大门后,发现正厅高悬"理学昌明"的横匾十分醒目,令人读了为之一震,一股悠古的文化气息扑面而来。步行入内。只见古祠由前大坪、下堂、回廊、边厢组成。大厅面阔五植,深三进,四根直径近一米、矗立在莲花状石础之上的石柱，高擎着黛色的屋顶，更显得端庄大气。屋里供奉着宋朝理学四贤——杨时、罗从彦、李侗、朱熹的塑像，为祠堂渲染了一层浓郁的书卷味道。更为称奇的是厅堂上雕刻的梅、兰、竹、菊，不但工艺精湛，还会随季节的推移而改变颜色，似乎是花儿在不同的时间绚烂绽放。祠堂内随处有楹联悬匾、壁画诗文，字句雅涩，图画古朴流畅，寄托着古人憧憬人生的生动故事，被镌刻在建筑的每一个角落，不免使我们想起西方教堂里的壁画。这些造型雍容大方、气宇轩昂的古建筑在忠山村比比皆是，它们也像先贤祠一样在立柱、梁架、厅堂上挂满楹联、牌匾、横额，烙刻着历史年代的印记，散发出传统文化的墨香。四面八方一股股儒雅清风扑面而来，温馨而醉人，熟悉又亲切，那典范篇章，那文采风流，你不得不叹为观止。

穿过弯曲近百米的古街小巷道，便从先贤祠到楚三公祠。这里同样是灰墙黛瓦，飞檐高耸，渠涧纵横，木梁高挑而精致，马头墙如桅似帆。楚三公祠是忠山村古建筑中雕刻最精美的，建于清同治年间，由大坪、门坊、前堂、前厢、天井、花厅、上堂、后堂组成，两边阳沟外还有厢房与民宅融为一体。大厅雕梁画栋，梁、枋、雀替、门窗均有木透雕人物、鸟兽、花卉图案。这里仿佛就是木雕工艺陈列馆，目光所触，尽是木雕镂空门窗，其木雕方格子细如筛洞，上方还雕有的"龙凤戏珠""麒麟献瑞""五谷丰登""福禄寿喜"等字或图案，全都层次分明、流畅生动，数百年后的今天依然生动辉煌。前厅供案上有"牡丹图"，中门上方护楼板上的立柱雕着"牡丹""水仙"等图案，斗拱上雕的是"南北财神"。漫步其间，那里的一砖一瓦、一梁一柱、一窗一棂，都有文化内涵。灰墙、立柱、大梁、井壁、门楣、柱础、窗棂、檐角、门枕石……精美的雕、镂、镌、刻无处不在，在一片片沉沉的屋瓦下，演绎数不清的悲欢。

移步忠山最让人瞠目结舌的是有"天下三条半，忠山有半条"之美誉的蜈蚣街，它因状似蜈蚣而得名。据说其是由当地乡贤——曾任元军总管的罗浩然捐建，分前、中、后三段。踏上这条年代久远的古街、弯弯曲曲的巷道,复又走入历史深处。脚下是沾满岁月苔痕的青色石板,两壁是白墙黑瓦、高低错落的元明清古民居。缓缓的脚步声在幽静质朴的青石条上回荡,我恍然穿越了时空的隧道,一种饱蘸历史沧桑的苍凉之情油然而生。站在那条清静平整的青石板古道的一端,可以看见街面均用清一色长条形石板铺设,两侧横砌,街面呈弧形,有利于雨水向两旁沟渠分流。一条石砌的街道悠悠地延展着,一直伸向历史的纵深……沿着蜈蚣街漫行,爬满青藤的灰墙、长着青苔的黛瓦、飞檐斗角的精巧雕刻、剥落的雕梁画栋和门楣不断映入你眼帘。古村民居沿街而建,户连户,屋连屋,黑白相间,布局紧凑而典雅。耳畔水声不断,鸟啼未停。在巷子的一处弯口,我迎面遇到了一位老太太。她神态悠然地坐在太师椅上闭目养神,一束慈祥的目光,一缕善意的微笑,又旁若无人地进入沉思状态,恍若高僧入定、无物无我……

穿越蜈蚣街幽深古巷,在一些老宅里还可见到摆着大大小小的各式"古董",或是金漆的雕花古床，或是一方年代久远的古碑，或是先人日常生活的用具家什。它们虽随时间推移有些凹凸不平，但仍透出朴实中的精致。最可贵的是青石街道旁还余存有古朴的店铺，据说以前蜈蚣街有三十多家古店门，现在仅存一家了。

走出蜈蚣街来到隆武桥。隆武桥又称为"大明桥"，建于元至正年间。整座桥均以长方花岗岩体构成，有三墩四孔，石栏望柱之间用长条石搭榫连接。这是古代忠山村的交通要塞，延伸了村落道路系统。古桥装饰质朴，比例协调，极具娇小灵巧之美，把忠山村山水的清纯灵秀、儒雅散淡融为一体，青黛色的桥面，在清澈见底的溪水的映衬下，显得更加斑驳悠古。特别是三座气势不凡的桥墩，如同三艘起帆待发的轮船展现着这古老村庄的远方理想，又如同三头威猛的雄狮护卫忠山村的平安。

千年寒村鬼傩情

李正洪

大源村是历史文化名村，因为工作，我经常上那里去。只是去的次数越多，心里面就越疑惑。首先是地理环境，这个村庄的开村始祖不知是基于哪方面的考虑，居然能在如此山高水寒的地方，开辟出这样的一处村庄。横亘于闽赣交界的武夷山脉与杉岭山脉在邵武境内分支之后，一路并行往南。原本平缓的山丘，一进入泰宁县境，立马变得奇峰突兀、连绵不绝。而大源，就在这高山深处、两山夹峙之中。

还有就是这地方的石拱桥。其他地方，似乎很难看到这样的情形，在短短不足五百米的河段之上，居然长短不一地架设了五座石拱桥！桥皆古老。桥的两端，有道路，还有田亩。若是单纯地为了方便交通，如此扎堆地架设桥梁，似乎没有太大的必要。因为溪流两岸大多平缓，行走通畅。何况这一怪异的做法，在村庄的水口处，更是达到了登峰造极的地步。一片高大水杉的掩映下，湿气氤氲，自村庄深处款款而来的溪流，在水口处拐了一道弯，形成缓缓的一道弧。就在这弧弯之上，距离不过百米，竟然如此密匝地连架三座拱桥！

水在这里成为源头，路在这里成为尽头。穷途末路与青山秀水在这里碰撞，这是个让人纠结的地方。

同样让人纠结的还有这村庄里居住的一个家族。家族姓严，其先祖是五代十国时期的风云人物严可求。严可求本为扬州人氏，唐朝末年游历于安徽合肥一带。杨行密割据淮南，严可求在杨行密部将徐温的手下做宾客，后又成为杨行密的幕僚。严可求在权谋方面十分了得，为五代十国时期吴国的建立，发挥过关键性作用，遂极受杨行密以及后来成为吴国权臣的徐温倚重。因此，徐温的养子徐知诰后来篡夺吴国政权而建立南唐时，也不得不对严可求及其子嗣另眼相待。徐知诰即李昪，他于吴国天祚三年篡位后，不久即恢复原姓，且将名字改为昇。他的儿子就是在诗词方面颇有建树的南唐中主李璟，孙子则是那个治国无能而又才华横溢的大词人——李煜。按理说，在如此氛围下成长起来的官宦子弟，才情方面应该也坏不到哪去，但事实恰与此相反，严可求的儿子严续，却是个典型的膏粱子弟，学无所成，技无所赖。李璟在位时，严续因父荫而被封为左丞，后又官至门下侍郎、左仆射、同平章事等，却位高而学寡。据明蒋一葵《尧山堂外记》载，严可求去世后，严续自己腹中空空，于是去请当时的大才子韩熙载（所绘《韩熙载夜宴图》为中国古代名画）来为他的父亲撰写神道碑文。为表酬劳，严续送韩熙载部分财物与一歌妓当润笔费。文成，严续阅后不甚满意，想让韩熙载加以修改，韩不从，乃将严续所赠财物与歌妓一并奉还。孰料歌妓对韩熙载心生眷恋，登车离开韩府之际，题诗一首，曰："风柳摇摇无定枝，阳台云雨梦中归。他年蓬岛音尘绝，留取尊前旧舞衣。"此诗亦见于《全唐诗》，署名为"严续姬"（意思是严续的小妾）。一时引为笑谈。另有一事见于司马光的《资治通鉴》，说李璟在位时，国境遭后周侵扰，李璟不敌，称臣于后周，满朝文武中，惟严续不肯屈。通过这两件事，严续的学养与操守可见一斑。

接下来的一些事，则是记载于新桥乡严氏与邓氏的族谱之中。说的是南唐保大二年，王延政率闽国众臣降于南唐。当时有个闽国降将名叫邓植，曾任管界使，镇守杉关（在福建省光泽县与江西省黎川县交界处）。归降后，其不幸遭谗言迫害将被杀。不知是出于什么原因，时任南唐高官的严续乃力上诤言将邓植救下，后来又暗中助他逃脱。邓植回闽后，归田定居于现在的泰宁县新桥乡，成为泰宁邓氏先祖。

不久，南唐后主李煜继位，面对如此才艺卓绝的君主，庸才严续的日子明显不好过，于是很快因事入狱。好在严续得意时，多方结交人脉，因得到一位姓马的尚书相救，方以僧人打扮逃脱牢狱，而后游历于邵武飞猿岭一带。这时，定居泰宁新桥的邓植获悉消息，因感于救命之恩，遂将严续接往新桥，并叫他更衣还俗。当时邓植身边尚有一女儿正值出嫁年龄，乃将其嫁与严续，并将现在大源村的土地当作陪嫁。严续从此定居泰宁，泰宁严氏亦由此发源。这是个施恩与报恩的轮回故事，除了严续与邓植之间的恩情互换，还有就是那个帮严续脱险的马尚书，严氏后人将其塑成神像供于庙宇，马尚书也就成为当地的一尊地方神。

大源村始祖严续的经历，很像冯巩相声里的一段说辞："未曾清贫难成人，不经打击老天真。自古英雄出炼狱，从来富贵入凡尘。"这里面的最后两句，其实是源自《增广贤文》，原句为"自古雄才多磨难，从来纨绔少伟男"。但是，这对于严续来说，都已经不重要了，因为据《严氏族谱》记载，他落难至大源时，已年近古稀，一个垂暮之人，还谈什么雄心壮志呢？而他的妻子，也就是邓植之女，这时候也就十七八岁的年纪。撇去所有伦理方面的苛责，严家血脉从此能够在这里落地生根，对于严续来说，才是最实在的。严续所经历过的，无论是荣华富贵，还是落魄潦倒，其最终尚能在这深山窠里苟延生命、安然度老，相较那个才华横溢而又倒霉透顶的南唐后主李煜而言，那不知要强上多少倍。人生就像是一本书，更像是一幕剧，大起大落中，隐含了多少的人间得失与悲喜。

也正因如此，才有了这摄人心魄的傩舞？人生一世，草木一秋，到底能够经受得住多少的诡谲与离奇！

据大源村民的说法，傩舞是他们的先祖严续从南唐宫廷里面带来的，因孤证无凭，这边只做记录，而不做更深入的探讨。

严格意义上讲，傩是一种巫术。它的出现应该要追溯到远古时期，它是原始文化的一部分。茹毛饮血的原始先民，在面对大自然的残酷无情时，所表现出来的那种敬畏与恐惧的复杂心理，是导致"傩"这种巫术之所以出现的根本原因。"傩"的本义里有避难的意思，意为"惊驱疫厉之鬼"。既然是用于驱鬼，其所表现的形式，就要达到一种极端惊骇的程度，它不仅要能够吓到人，更重要的是要能够吓到鬼。因而傩面具才必须具有那种超乎寻常的狰狞与凶悍，暴突的眼球，血红的大嘴，造型夸张变异，线条粗犷奔放，色彩浓烈大胆，嬉笑怒嗔，歌哭无常。藏在面具后面的人，陡然就能从一个老实巴交的庄稼汉，变成青面獠牙的鬼神。单调的舞步配合各式响器的敲击，现场迅速充满一种森严惊恐的气氛。鼓声叮咚，鬼面狂舞，古老的面具，昏然让人游走于神鬼之间。

人的精神世界里有太多的虚妄，比如权势，比如财富，比如对美色的贪欲。它们潜伏在人的内心深处，如同阴魂不散的鬼魅。

人生无常，膏粱子弟严续的后裔，应该对这句话有着很深的理解，因此这边的傩舞才表现得如此惊世骇俗。臆造之鬼与内心之鬼，到底哪个更加强大，更加凶悍狰狞？从浮华虚荣到穷途末路，具体要经历怎样的心路历程？现实残酷如鬼，傩的出现，很像是置于光天化日之下的妖魅，让人惊骇之余，更多的，应该是内心的一种警醒，甚至是心灵上的某种安慰或者坚守。

我想，在大源这样的地方，如此理解它的傩舞，应该是比较合适的吧。

城村意象

梅 丁

城村，一听这地名，就很耐人寻味。人们不禁要问：城村，究竟是"城"呢，还是"村"？

城村自汉以来，堪称闽北的一处风水宝地。明代之前，人们称这块风水宝地为"王殿"或"王殿村"，足见这个村落的历史非同一般。就在这么一块平旷的、山抱水环的土地上，有过深厚的历史积淀，让你可视又可信的是村南面门坊上的"古粤"砖雕，这两个古朴苍劲的大字，足以证实这块土地曾有过的辉煌。从历史的眼光来看，这片土地上就当是先有城而后有村。先是城的崛起，而后才有村的兴建。中国考古界的不少考古专家一致这样认为：武夷山古汉城遗址，是中国长江以南保存最完整的汉代古城遗址。遗址地处城村以南，横跨三座山丘，南北长八百六十米，东西宽五百五十米，总面积四十八万平方米。城墙夯土而筑，延绵两千八百多米，建有瞭望台、烽火台、汉井等设施，从 1958 年发现并发掘以来，已挖掘出遗址面积两万平方米。考古专家们向我们描述了这片遗址上的辉煌：宫殿巍峨壮观，在宫殿的四周环拥着廊庑厢房，展示出磅礴气势。城头旌旗猎猎，城中歌舞升平，城外车水马龙，市井繁华。汉城里还发现冶铁、制陶的作坊多处，出土汉代全国少有的齿耙，以及青铜器、陶器数千件，还有汉代"万岁"瓦当、汉砖、陶制排水管。恢宏的古城虽然不在了，但古汉城博物馆里的一件件出土文物，却是鲜活的历史精灵。

那么，汉城由"城"演变为"村"，这又是一段怎样的历史？

前 334 年，楚国灭了越国，越国遗民迁居福建，与福建的闽族人融合为一个新的部落，叫闽越族。到了战国后期，无诸为闽越族的首领，并且很快形成了强大的势力，拥有了稳定的政权。一直到前 221 年，秦始皇统一了中国，在福建设立了闽中郡，无诸的闽越之王当不成了，贬为郡长。但是疆土实在是太大了，秦始皇哪有精兵强将派往福建来？无诸仍拥有曾为闽越王时的潇洒与专横。他也是一位审时度势的政治家，当他得到了陈胜、吴广起义的消息后，也趁机起兵反秦。在这场农民起义的战争中，无诸进入了中原，成为起义领袖刘邦的同盟军。刘邦立汉后，封无诸为闽越王。但是到了汉景帝时，无诸的后代郢当上了闽越王，汉朝与闽越国的关系就出现了紧张的局面。郢挑起了战争，居然占领了东瓯地盘，于是汉武帝开始派兵征讨。这时一位叫余善的为了夺取权力，竟把兄长郢的首级割下，献给了汉。余善被汉武帝封为东越王。余善为王后，一直对汉称臣态度不明朗，对外兵锋不减，战事频繁，最后竟拥兵自重，自刻玉玺，反称武帝。

前111年，汉武帝决心灭闽越，派兵入闽征讨余善，第二年，一度辉煌的以余善为王的闽越国终于被灭亡。烽火早已消失，号角早已远遁，雄峙于武夷山下的汉城也宫倾墙坍，唯有芳草萋萋、遗址深埋。现在的古汉城遗存，其地面上有过的建筑都是汉朝中原一带的风格，这就是说，这座古汉城确实是被汉文化濡养过的，中原的文化通过汉民族人口的迁徙入闽，传入了偏东一隅的闽越国。从这个意义上说，这个地方按当地人明朝前的叫法"王殿"，还更合适。

但是，历史总在沧桑的变化之中，闽越王余善被降服了，王殿也被毁灭了，从中原迁徙来的汉族先民，他们没了战事，他们没了曾瞩目过、骄傲过、为之努力戍守的宫殿，他们是一般百姓了。姓赵的、姓李的，就这样与当地闽越族人和平共处，营建自己栖居的村落，耕种这里的土地，种中原的粟麦，也种闽越人善种的水稻。他们的子女开始联姻，一代又一代地生儿育女，就倚着青山绿水，就倚着汉城残垣，筑自己需要的田庐，树自己信仰的社神，立自己血脉传承的宗庙。这就是村，从汉城夷为平地之后兴起来的村。由城到村的历史变迁，其酸楚油然而生。这是让百姓能日出而作、日落而息的田园，不是政权角斗者们的城堡了！于是从中原引入的交通工具——鸡公车（单轮车），两千多年过去了，依然吱吱呀呀地在古汉城的土地上辗滚。城村，又不是一般的村：由于它接纳的是一个流亡政权的遗散臣民，人口是众多的，社会角色是复杂的，商业气氛是浓厚的，于是必须有街衢，有市井，有登高望远的聚景楼，有供农事禳灾的井亭，有四面出入的坊门，这些重要遗存，在城村还能看到。从这个意义上来说，它又不是村了，倒是更像城了。

这样一个特殊的村落，地理位置是十分优越的，它是汉以来从崇安到南平、福州的水上交通要道，有"淮溪首济"之称。城村的住宅建筑布局坐北朝南，街巷呈井字形，人马在村中通行可四通八达，不像一般的村落那样曲折回环，令人行走局促、视野幽闭。城村东北面山川秀美，崇阳溪绕着城村由西北向东南流去，锦屏峰高耸着四季的景象，崇阳溪里渔歌唱晚，置身于这样的村落，倒让人生发起"有山皆图画，无水不文章"的赞美之情。

城村，城与村在这片土地上如此独特地平分秋色。

城，已是过去辉煌的历史；村，正是城圮之后的延缓。城村现在还留有百岁坊一座，"圣世瑞人""四朝逸老"两块匾高悬在上。庙宇、楼台都还在。赵、林、李三大姓的家祠香火依旧旺盛。城村东面的庆阳楼门楼遗址，证实了它有过的辉煌。所有井字形的街衢，让市声喧嚣之后归于宁静。我们还能看到赵氏后人保存的《古粤赵氏宗谱》。城村人仍一代又一代地生活在"锦屏高照"的乡土里，厮守着家园的春夏秋冬，以一姓一族的家史渊源进行承前启后。

纵观城村今与昔，真可谓"皇天后土，白云苍狗"。

下梅村中的"国"与"家"

邹全荣

崛起于清代中后期的武夷茶市下梅村,它的村落建筑注重于商业街区的合理布局。这个繁荣了两百多年的武夷茶叶交易主街区,让分别建于清乾隆、嘉庆时期的镇国庙与邹氏家祠,形成了强烈的文化磁场。镇国庙与邹氏家祠的"国""家"符号,磁性极强,一直统摄着人们的精神活动,引领乡野之民敬祖思宗、传承中华传统礼俗的自觉意识,为商人、过客提供了拜谒忠烈、寻根问祖、维同求和的文化空间。

镇国庙位于下梅当溪北面。砖雕门匾阴刻有"镇国庙,乾隆己亥年吉旦,阖乡仝立"。该庙何以冠名"镇国"?史料载,古代皇帝给大臣们论功封爵,把宗室爵位分为镇国公、镇国将军等。下梅镇国庙崇祀的忠烈对象,是唐朝获得镇国公爵位的薛仁贵,还有获得镇国将军爵位的薛丁山。薛仁贵、薛丁山父子是山西绛州人,薛仁贵为开国天保大将军、平东安西两辽王、征西大元帅,其子薛丁山追随家父驱逐外虏、保家卫国、功勋卓越,被封为镇国将军。薛丁山的夫人也被封为一品镇国夫人。薛家父子忠义勇武的品格,被历代统治者推崇,保家卫国有功的薛家父子,在山西是家喻户晓的。

来到武夷山贩茶的山西榆次常氏,更是对故土上的忠义英雄,非常崇拜。于是,常氏来到武夷山的下梅村,与邹氏景隆号茶庄庄主建立了贸易伙伴关系后,也把自己对故乡的镇国将军的敬仰,通过捐资,恰逢其时地植入下梅。镇国庙在武夷山下梅建成后,山西商帮信众与当地商帮信众,因忠义的信仰更是同心同德,并牢固地与茶叶贸易结合起来,彰显了晋商常氏一以贯之的"持义如崇山,仗信似介石"(《山西榆次车辋常氏家谱》)的经商道德。崇安一邑地方官,认为本土供奉薛家父子为神,符合宗庙的信俗规则,准以镇国庙之名冠之,出现了南北信俗相融合的和谐局面。

下梅镇国庙对忠义的祭拜，于今来说，无不透射出爱国主义的人文热情。实际上，它为乡野之民践履"家事、国事、天下事，事事关心"，提供了精神参拜场所。镇国庙的建筑方位选择，严格地遵循《礼记·祭义》规定："建国之神位，右社稷而左宗庙。"下梅村中轴线以当溪为界，镇国庙就坐落于当溪以北（正好北街为左）。镇国庙两侧券门上雕刻着"物阜""民安"四个字，表达了村野之民对社会美好愿景的向往。

再让我们来解读下梅村的另一种人文符号——"家"的建筑遗存。

下梅村从商周时期就有了文明史，宋代有了村落，明代有了里坊，清代有了街市。康熙、乾隆时，下梅处于茶叶贸易的鼎盛时期。当溪全长九百多米，与梅溪构成了水运网。据《崇安县新志》记载"康熙十九年间，武夷茶市集崇安下梅，盛时每日行筏三百艘，转运不绝"，足见下梅茶市昔日的繁荣景象。下梅邹氏经营武夷茶，与晋商常氏合作，把茶叶经营到中俄边界的恰克图，共同开辟了"南茶北销"的万里茶路，下梅也因此成为武夷山的茶叶交易重镇。据1984年的《崇安县文史资料》称:"清初茶业均系西客经营,由江西转河南运销关外。乾隆间,邑人邹茂章以茶叶起家,富有二百余万两。"在"聚邹姓而居"的下梅村中,邹氏宗族左右着这个村落人文价值的走向。邹氏自江西南丰来到武夷山创业,经历了背井离乡的漂泊之后,明白先要安居方能乐业,家业安定之后,接着就是建树家祠。邹氏不惜重资购地,在下梅村最重要的街区中心建起一座耗资巨大的邹氏家祠,建树了属于邹姓的地望坐标,营造了邹氏宗族文化活动的精神空间,实现了《南丰茶陇邹氏家谱》中的愿望:"盖闻人必有先,故建祠以报祖德,章惟当旧故立。"邹氏家祠,彰显宗祠文化中的传统人文精神,昭示了族亲血缘亲缘的来龙去脉,复活了敬祖思宗的精神家园。

邹氏家祠大厅有两根立柱很独特,是由四块九十度角的扇形木片拼起来的,中间由十字形木榫连接成一个约两人合抱的大圆柱。为什么要刻意做这样的大厅立柱呢?这种创意原来蕴含着主人独特的想法：希望邹氏四兄弟要团结一致，齐心协力撑起一方家业，教育子子孙孙一如既往，同心同德，增强团结。邹氏还在家祠的上厅摆设扁担、麻索等创家立业时的劳动工具，供后人凭吊，以此勉励后人要弘扬祖先创业美德。

有国才有家。家族繁荣，则为国力强盛奠定了基础。国，是一个巨大得令人敬畏的强势符号，只有家才是可亲可触的实体。家的单位很小，小到一户。而家祠，则代表在宗法制下的一所"大家"。这个"大家"，集聚了一姓一族的集体意志。邹氏家祠的功能，极大地发挥出族群"敦本、明伦、教化"的宗族活动优势。家祠正中堂，安放祖先灵位。下梅邹氏宗亲每房眷属，清明节必须到位祭祖饮胙，以彰显家族人气的旺盛。

祠堂像一块磁铁，吸纳着最旺的人气。它令后人抬起目光时，都要领悟那高悬于厅堂之上的"礼仪惟恭"匾额和左右券门上"木本""水源"砖雕的含义。邹氏家祠里立有祠规碑文，碑文中强调对血缘族亲的维系与教化。通过木雕"二十四孝"图的画面,张扬了明伦意识,要后人恪守长幼尊卑之序,孝敬长辈。家祠始终传承着清明祭祖的礼仪传统,为全家族成员一齐参与认祖归宗,提供了稳定的宗族文化认同空间。

国泰民安,是万众意愿。国家要稳定,依靠谁?老百姓。老百姓是谁?是华夏文明养育出来的百家姓。有了百家姓,就有了寻根问祖的宗祠家祠。各宗各姓,就构成了我们中华民族。传统社会里,朝廷有律,家族有法。维持家人安分守己的,是家法。家法,成了规范家族管理的准绳。一个不愧对家的人,才能理直气壮地去为国效力。矗立于下梅村的镇国庙、邹氏家祠,它所承载的"国""家"人文历史符号,是值得后人去瞻仰,去解读的。

一首禅诗

邱德昌

一个离阳光最近、距尘世最远的地方。

这么多年了,因为工作的关系,我无数次地出入竹贯村。无论是看晚风里夕阳牧归,或是听清晨的鸟音越雾纱,无论醉眼看星空,还是细察门前石,我都不断叩问自己,竹贯是什么?它属于哪一个类型的景区?清秀,还是质朴?古典,还是悠闲?江南水乡?桃花源里?好像是,又好像不是。

直到有一天,我陪一位诗人兼市领导视察竹贯,他笑着一语破了天机:"唐风、宋韵,还有禅味。"

是的,竹贯就是一首禅诗,不同的游历者都自有不同的感受。

海拔九百多米的竹贯村位于国家级自然保护区梅花山腹地,位于新罗、连城、永安交界处,人口仅六百多人。村庄不大，山高林密，溪流环村，可谓茂林修竹、四季恒春。方圆一千米内，宋代积灵宫，元代温氏家庙，明代观音宫，清初关帝庙、双合桥、廊桥、节孝坊，清代澎湖总督温兆凤故居以及蔡廷锴将军率部驻留的遗迹等十多处古迹保存完好。这是一个没有工厂和矿山的村庄，村民以传统农业和林竹产生为生。沿河两岸街道依河道伸延，传统屋舍，矮小，大多一至两层高，清一色的白墙黑瓦。每天袅袅的炊烟，依旧见证和守望着村庄昔日的繁华与荣耀。我们应该感谢当年这个村庄的大功臣温应彪，他在清乾隆五十六年被授广西按察使护卫，衣锦还乡后，为保护竹贯村，也看好距离竹贯五千米处的梅村交通要冲优势，把竹贯圩场及时迁到梅村，使竹贯村至今保持它的美丽与沉静。我们更应该感谢在这里世代耕种的善良的人们，他们与大自然和谐共处，与古迹相生相融，为我们保存了一道鲜活的古典风景。

　　十多年前，我就听说了村里有一位名叫温福波老人，他当时已七十八岁了，一直住在村口一排简易的房子中。他每天义务到各古迹巡查一遍，做做简单的卫生，帮助防火防盗，有时还当上义务导游，活得有滋有味。过去当地盛行"背新娘"风俗，即女儿出嫁时，新娘子得由新郎的长辈来背进家门，这种尊重女性的做法在传统的男尊女卑的社会，算是开风气之先了。在这个村，家家酿造美酒，你随意进入一个家庭，热情的主人们都会请你尝尝他家酿的酒，兴趣相投的，必醉成一团，民风醇厚，略见一斑。

水，委婉地穿过村庄。这海拔九百米的水，来自梅花山的深处，自然有不一般的清凉。它不急不慌流过村庄，偏是一路向西流，仿佛要溯时光而去，向着夕阳归去。且那水面舒缓而从容，要弯成无数个美丽的曲线而行。最经典处，是在村口流成一个活生生的太极图。两个鱼眼，恰好安放着关帝庙和观音阁，一阴一阳。关帝庙呈宝塔形，三层叠木结构，建于明万历四十五年。妙就妙在关帝庙的身后，矗立着三棵高耸入云的巨大松树，像是三杆旗帜直插云霄，又像是刘、关、张三位兄弟在云中相遇，相拥这轮现代风月。水分两路，一路经双合桥，一路经双意桥。双合桥与双意桥，是为村中痴男信女设否？桥上走过的是红男绿女，桥下流过的是时光荏苒？二十四桥明月夜，玉人何处教吹箫？观音阁实际上是立于一沙洲之上，是明万历十七年的建筑，内设男观音、女观音等不同时期的观音。沙洲之间，高耸着数十棵古松，但高度却都没能超过观音阁。

竹贯水美，离不开桥的应和。村中桥多，有廊桥，有石拱桥，有简易的石板桥，也有石与木组合的混搭桥。村口有一廊桥，建于清康熙年间，是一座单拱屋面廊桥，桥基为条石垒叠，廊屋为重檐歇山顶，抬梁木构架，有木栏倚座供行人歇脚。桥内还供奉着神龛，为村庄过去出入之唯一通道。当年那些挥手别离的纤纤话语，那些远离故土的祝福言说，以及迎接游子归来的喜悦，都化作廊桥里的一缕缕青烟了。廊桥上神龛是见证过村庄兴衰的。五谷神、保生大帝、公王等，诸神皆迎。廊桥入口处的积灵宫，建有旋转式斗拱，下宽如锅，上窄如碗，便于气流由下向上运动，使烟往空中排散，故日日香火明亮而空气清新。这是多么智慧的创造啊。积灵宫供奉着十二公王，他们应该是当年护送陈元光及其家母魏太母的十二家将。他们从中原固始一路南下，从鄱阳湖翻过武夷山，从宁化、连城沿霍溪进入龙津河，再到北溪，浴血奋战，最后营救陈政大军，一统漳州，迎来"开漳"那一段光辉历史。现在，他们依旧守护在九龙江的上源，守着这条河的生命源头，也守护着九龙江文化的一个源头。

从竹贯溪水中的小绿洲的一片古典风情中出来，就进村了。七八座小桥弯弯，静卧如虹，鱼翔清溪，险石林立。村民三三两两，或坐桥头，或倚屋檐下，谈笑风生，怡然自得。行走间，见村中一座廊桥内有五六名老人在聊天休息，桥下则有两名妇女正在洗衣裳。听到久违的拍打衣裳的声音极有节奏地回响着，不由让我想起童年的山乡和与那一群儿时伙伴在溪水边追逐的趣事了。你在桥上看风景，看风景的人在窗口看你。这一幅画面，却有身临苏州城的感觉了。然而，这儿安静得多，清闲得多。这儿是乡村，时至夏至，从城市里来到竹贯村，山外是热气逼人，这儿却是凉风习习，山风如泉水一样浸透我们的心房。此时的竹贯村弯弯的小桥，如大画家陈逸飞油彩下那一群沉静端庄、仪态万千的女子，为我们演绎一曲曲清凉的笛音。随着变焦的眼光，古庙、小桥、老松、溪流、青山、田野……变着法子摄入眼帘。在这个时候移步则换景，随意拐进一个小道、一个小巷，一不小心，你可能就误入历史深处去了。

  我不经意地沿着三合土夯的巷道，进了温氏家庙——这个村庄的灵魂。因为这座宅子出了个清代水师总督温兆凤将军。温兆凤年少家贫，外出从军，后为朝廷重用，诰授武功将军，从二品，历任南澳岛游击、澎湖协镇都督、水师台湾府总府等职。在第二次鸦片战争时间，他做出过重要贡献。据考察，竹贯村的温氏开基祖是元代从连城迁来的。如今温氏已遍及海内外，许多地方的温氏后代均先后来竹贯寻根认祖。每年的中元节，便是他们认祖的最大节日，四方温氏后代共同托起一个庞大的祭祀活动。

温氏家庙建于一个古木参天的山坡下，不仅建筑保存完好，还保存了许多当年朝廷的赏封和一些捷报、匾牌、石旗杆等。站在温氏家庙的后山风水林中，全村风光尽收眼底。但见村前和村尾均有保存完整的风水林，古木林立，怪石嶙峋。一条溪流贯穿全村，村庄房屋依溪流两岸而建，鳞次栉比，古朴典雅。再细观安定廊桥对面，是建于清同治年间的邓氏祠堂。廊桥边的稻田，竟成八卦状。竹贯溪在这里拐了一个弯，水车在这里悠悠地晃着，浪花拍打着岸边的巨石，石头上方是古老的客栈。那里曾是棋琴书画的风花雪月之地。现在人去楼空，但它还在等待、孕育一个新的生机呢。

站在这片茂密的风水林中，就不想迈步了。置身其中，仿佛立在森林叶尖、躺在云端怀里。这个时候，我坐在一片松软的枯叶上，依地势躺在斜坡上，抬头是高耸修长的阔叶林直冲云霄，耳边是清凉的山风夹着鸟鸣，浓烈的山花草叶的香气贴着脸颊……一阵睡意袭来，蒙眬中，竹贯正月十五闹元宵的花灯亮了起来，狮子灯、麒麟灯、老虎灯、龙灯、鱼灯、大象灯、兔子灯、采茶灯……各式各样的灯排成长龙,在竹贯的街道上游动。天上人间,不知今夕是何年!真想从此一觉睡去,不再醒来。我蒙眬中吟出一句诗:

　　梅花山里弄风月,
　　唐诗宋韵禅意来。

/ 山河记忆 /

宗祠魂

陈 弘

名闻海内外的陈氏宗祠坐落于铺上村的苍翠碧绿之中。这是一方有魂、有魄、有灵气的热土。

宗祠，也称家庙、祠堂。崇拜祖先并立庙祭祀的现象，可追溯到原始社会后期。宗庙制度产生于三千多年前的周代，《礼记·王制》中已记载了帝王贵族的宗庙制度。上古时代，宗庙是天子的专利，士大夫是不允许建宗庙的，更不用说草根百姓了。到宋代，大理学家朱熹在《家礼》中提倡建立家族祠堂，首立家堂之制，即每个家族建立一个奉祀高、曾、祖、祢四世神主的祠堂四龛。从此，宗祠开始走出庙堂走向江湖。自南宋到明初，一般的祠堂都是家祠。明世宗时期，采纳大学士夏言的建议，朝廷正式允许民间氏族兴建祠堂。自此，神州大地宗祠遍立，祠宇建筑到处可见。

岵山南山陈氏宗祠位于永春岵山（俗称"小岵"，古称"小姑"），南山北麓，坐东偏西，肇建于明建文二年。明宣德七年宗祠扩建，规制基本定型。陈氏宗祠属二进歇山式、燕尾脊、穿斗架构的土木建筑，连同左畔次祖祠堂。

陈氏宗祠系小岵南山陈氏开基祖陈弘元（号校尉）的十六世孙陈进（字德修）始建。陈校尉乃唐代太子太傅、漳州南院南陈开宗祖陈邕的十二世孙。据传，邕公因与唐玄宗朝奸相李林甫不协，唐开元二十四年被贬谪入闽。族裔此后辗转三山、兴化、惠安，旋移漳州，于后周显德三年乃抵永春，在宋初选中风景秀丽的小岵南山之麓结茅定居。

宗祠建成后，尊德修之父陈优道为一世祖。明嘉靖九年宗祠修葺完善，将校尉公及其派下至十四世先祖英灵供奉于神龛，作为校尉公裔孙寻根谒祖的宗祠。俗话说，树大分权，族大分家。随着生命的传递、繁衍，南山陈氏家族不断扩大，一些家族从祖居地迁居他处，另开基业，形成新的分支和新的宗族，还有不少家族远赴重洋，在海外定居。屈指数来，自优道公嫡传至今已有二十四世，派下繁衍的子孙达十几万之众，遍布海内外。远至东南亚和中国台湾、中国香港，近在浙江、福鼎、永安、漳平及本县的仙夹、桃城等地，均有南山陈氏族亲。这些新形成的宗族和分支，又建立了新的陈氏宗祠，供奉其最亲近的祖先，并传承在历史长河中逐渐形成且得以不断发展的陈氏宗族最具特色的宗祠魂灵。

纵观中国的宗祠，都是宗族祭祀先祖、举办宗族事务、修编宗谱、议决重大事务的重要场所，同时也是婚丧嫁娶的公共场所，还是开展娱乐活动的场所。在陈氏宗祠六百多年的历史上，它以宗祠为核心，进行传统文化教育，感化族众，约束规范族众的行为方式，统一族众的行为与思想，使族群生活保持稳定，使族众保持向心力与凝聚力，并通过祠堂文化娱乐活动等方式，使族群生活和族众心理得到调剂。正是陈氏宗祠日渐形成的教化功能，升华的宗祠灵魂把一个日益兴旺的陈氏家族带上灿烂若繁星的中兴之路。

/ 宗祠魂 /

历数小姑南山陈氏家族的历史名人，有一位先贤是必先提及的。人们一提起清水祖师均知其显圣于安溪清水岩，殊不知祖师之祖籍地是永春小姑，系南山陈氏开基祖弘元公第九世孙。祖师立志"以利物济世为职责"，于传说中致力于为民修桥筑路、施药济贫、祈雨解灾，创下四次获得宋朝皇帝敕封的传奇，终成名垂千古、誉盛天下的大师。

陈氏家族择居南山后，英才辈出，光宋代就出了十三位科第进士，获《福建通志》等史书选入人物列传者近十位。其中六世陈彦圣，七世陈知柔（宋代理学家，历知循州、贺州，著有《易本旨》等十二部，凡五十多卷），八世陈朴（历知漳州，擢太常卿，知广州兼广东安抚使）、陈模（台试馆职，改知梅州、汀州）兄弟相继登科进士，赐建"世科坊"，通族被誉为"世科陈"。更为后世美谈的是，七世陈知古，八世陈易、陈雷震、陈一新（累迁国子博士、婺州通判、邵武知军），九世陈晋接（释褐国子司业、宗正卿），十世陈需光，十一世陈德高、陈德美，十二世陈大育（官至南宋御史大夫）也相继登科进士，赐立"七世蝉联"牌匾。明嘉靖十三年，裔孙陈嘉谋，由贡入京试礼部、吏部、内廷，俱攫第一名，赐立"廷试第一"牌匾，超授湖广道州、均州学正，捐俸赈饥修学，点国子监学正。十三面"进士"牌匾和"七世蝉联""廷试第一""将军第"等匾额悬挂在宗祠架梁上，熠熠生辉，记载着过去，也昭示着未来。

宗祠中间神龛上额横书"南山陈氏宗祠"，两旁直书明代尚书郑圮题赠的"尚义声名扬北阙，恩荣褒奖到南山"的对联，特别引人注目。这副对联说的是陈氏宗族历史上一件感人的真实故事。明洪武二十六年，永春地区遭逢天灾加上虎患，而地方赋税繁重，民不聊生。当年优道公长子德修年方十五，受其母之命，为乡里百姓进京陈哀状，奏请减免全邑灾荒税赋。皇帝派钦差户部主事及礼部查实，遂予豁免。明成化十年又逢岁荒，德修的孙子茂立捐出粮米赈济饥民。朝廷闻讯敕赐奖谕旌表其为义民，郡守于宗祠门前建"尚义坊"，立"义民碑"，尚书郑圮的对联就是当时题赠的。成化十六年，茂立之子干端，秉承父志，再次义捐大量米谷广赈民饥，也被朝廷旌表为义民，并钦赐树立"纪纲碑"。

分支外地的陈氏族裔，同样是人才济济，显宗耀祖，各朝进士比比皆是。

中华人民共和国成立后，优道公的后裔更是子孙长进，昌炽贤哲，涌现一批名人。

最值得一提的是中国体坛三位叱咤风云的陈氏运动健将。他们从永春岵山起飞，为在国际赛场上五星红旗的冉冉升起而奋力拼搏。陈亚琼，中国女排运动健将，以弹跳好、滞空能力强及善拦网著称，与队友们奋战亚锦赛、世界杯、世锦赛，为中国女排"五连冠"奠定了坚实的基础。陈尊荣，被誉为"亚洲飞人"的中国著名跳远运动员，三度改写亚洲纪录，结束了中国男子在亚运史上跳远无金牌的历史。陈红勇，被国际羽联授予"国际级运动健将"的中国羽坛男双运动员，夺得世界级奖牌四十一枚，其中金牌十一枚。

宗祠，是家族的象征，是家族文化的核心。

王沪宁在《当代中国村落家族文化——对中国社会现代化的一项探索》（上海人民出版社1991年版）一书中认为："中国的现代化、中国社会未来的发展，在很大程度上取决于人们对村落家族文化的何种态度，对村落家族文化的变化，如何应变。"近百年来的中国历史是中国社会由传统社会向现代社会转变的历史。村落家族文化处在消解的过程之中，但在消解过程中又不断往复。他指出，对于巨大的中国社会来说，"如果能将人们首次纳入较小的秩序之中，社会再协调这较大的秩序，管理成本就会小得多。当然，村落共同体能否扮演这一角色还得研究，还要视社会发展水平而定。但往这个方向努力和思考问题，是合理的选择。因为村落家族共同体的存在不是随心所欲可以改变的，在既存的条件下能做什么，这是社会发展过程中重要的问题"。

从这个意义上说，陈氏宗祠任重道远。

探访清水祖师故里

王炜炜

几年前曾经到过安溪蓬莱清水岩。沿路山脉绵延起伏,山道弯弯曲折,树木葱郁秀丽。进入景区,罗汉松、浮杉池、母子树等拱手相迎。再往里去,就可看见主殿屹立悬崖峭壁间,如仙境宫殿,巍峨壮观。

在当地人的心目中,清水祖师是神通广大的神明。因此,不论是婚姻、疾病,还是生意、求职,他们都要到庙抽签,希望得到指点。每天来清水岩敬香祈福的人络绎不绝,大殿上的灯烛长明,香炉紫烟缭绕,金碧辉煌的清水祖师塑像庄严肃穆。

清水祖师为什么能成为神灵,并得到那么多人崇拜?清水祖师俗姓陈,名荣祖,法号普足,俗称"祖师公""乌面祖师",出生于永春县小姑乡(今岵山镇),自幼落发为僧。祖师生前"利物为本，济人为志"，德高道深，造福百姓，为民众所景仰，以其博爱的胸怀、善良的美德，留下了许多关于修桥造路、行医济民、祈雨祛灾的美丽传说，曾四次受到宋皇敕封，赐"昭应广惠慈济善利大师"徽号。清水祖师的主要传说有三件：

第一件是热心于慈善事业。清水祖师乐善好施，到处化缘，救济贫困百姓。据载，驻锡清水岩当年，清水祖师便募款建造通泉桥与谷口桥，此后十八年里，他主持修建的汰口桥、龙津桥、永安桥等数十上百座桥，架起在茶乡大地。

第二件是为人治病。清水祖师精通医理，为了方便乡民就医，便在山下洋中募建"洋中亭"义诊施药。他还不辞劳苦远赴汀州、漳州所属各县，为人治病驱疫。他因为尝试药草，数次中毒而致使面貌变为黑色，故又称"乌面祖师"。

第三件是祈雨获应。在百姓看来，祈雨获应是因为"道行精严，能感动天地"。《安溪县志》记载传说，是时，清溪（今安溪）大旱，田地龟裂，庄稼枯干，百姓心急如焚。崇善里（今蓬莱镇）人刘光锐，素仰清水祖师道行高深，率众迎请其莅乡祈雨。为救百姓之急，清水祖师特往蓬莱祈雨。翌日设坛，顿时天上乌云翻滚，雷鸣电闪，随即普降甘霖。安溪百姓感念其解民疾难之恩，敦请清水祖师驻锡蓬莱山（张岩），清水祖师亦慕蓬莱山山川奇丽、风景幽雅，是修身养性的好去处，便应允驻锡。因那里岩石壁立，泉水清冽，后改称为"清水岩"。

清水祖师及祖师信仰作为闽南文化的重要组成部分，流传于台、港、澳及东南亚闽南人聚居地区。这一种真挚质朴的民间信仰经过千年的历史积淀，逐渐升华成为闽南优秀独特的区域文化——清水祖师文化。

在清水岩，有一棵古樟，干粗，六七人拉手合抱仍不能成围，而树冠树枝全部向北伸长，故名"枝枝朝北树"。永春仙硿岩位于岵山铺下村南林山腰，是清水祖师的修道之地，而永春岵山恰好位于清水岩的北边。在树前，景区导游感慨地说："这代表着一种归向和忠贞，启示着我们要有一种对祖宗的敬仰和对根的认同。"

永春岵山是个小盆地，四山环抱，南边就是

南林山。通往南林山的路蜿蜒曲折，经过十来分钟的路程，远远看到有一个高大的牌坊石门上大书"仙硿岩"三字，此为上山门。穿过仙硿岩牌坊石门不久，庄严神圣的庙宇呈现在我们面前。

南林山奇峰突兀、层峦叠嶂，庙宇的前面有一片很宽阔的空地，可以俯瞰岵山全景。秋日的天空无限高远深邃，空气清新怡人，青山绿水环绕的村落里阡陌纵横交错、房屋如星罗棋布，仿佛置身于仙境。

宫殿式的祖师殿红墙朱瓦，飞檐翼然，梁、柱、斗、拱彩绘金光闪闪，富丽堂皇，两座全石山门古朴典雅巍峨壮观，如缥缈仙宫一样屹立在岵山镇铺下村南山北麓。

进入庙宇前，映入眼帘的是一个四方罗汉座，石座上的墨迹和灯油上的油渍斑驳凌乱，而四面的四罗汉雕刻却依然清晰可见、栩栩如生。石座与地面密不可分，巍然屹立。这个四方罗汉座制作于西晋年间，百姓到仙硿岩朝拜时，皆在罗汉石上取火进香。殿前还有石香炉、石烛台、龙柱、石龙蟠等工艺精湛的石雕。

来到正殿，仰头即可看见"祖师殿"三个大字，左、右侧殿则分别悬挂着"慈济重光""威灵愿赫"的牌匾。侧殿供奉的是古平祖师、赵大天王、伽蓝天王、六壬先仙师、保生大帝、三代祖师。正殿中供奉清水祖师。在大殿悬挂的一面锦旗上面写着："清水祖师，根在仙硿。"

据说山上还有几个景观，如"仙人洞""石书房""孝子石水窟""青蛙石""避雨亭"等，每个景观都有一个传奇的故事，都表明了清水祖师"利物为本、济人为志"的远大志向。我对祖师的石书房最有兴趣，趁大家休息喝茶时，沿着路边丛草掩盖的小路去参观清水祖师读书的地方——石书房。我顺着山顶东北面的一条小路向石书房走去，茂密的草高高低低几乎看不清地上的路。前进了几百米，又走过一段很窄的石头台阶，猛然一抬头，只见两块巨石呈三角形搭在了一起，形成天然洞穴，像一间石房子，在石头尾部放置着一个石桌和两个石凳。岩石壁上还留有黑色的墨迹，"清水真人"四个字清晰可见。我试着在石凳上坐了下来，穿越时间与空间，感受清水祖师当年读书和修行的情景。

善良是一种巨大的力量，几千年中国传统文化推崇的是积德行善。如今，清水祖师利物济民的精神思想及善行的种子在世界各地开花结果。清水祖师在闽台和东南亚各地影响逐渐扩大。在安溪，至今还盛行着始于宋代、熔铸了独特的文化内涵和深刻的历史意蕴的清水祖师迎春民俗。其中蓬莱镇每年开春举行的"迎清水"巡境活动，以其历史悠久、规定严格、程序严密、仪式隆重而长久不衰，闻名泉南各地，每年参加的信众达数十万人次。目前全球上亿清水祖师的信众在当地奉祀清水祖师，更用行动践行祖师的大爱精神。在台湾地区及东南亚国家，可以看到人们在清水祖师庙做义工，办幼儿园、图书馆、医院等便民服务所，将清水祖师利物济民的精神落实到行动中。

夕阳在天空中布满了绚丽的晚霞，回望仙硿岩，心底一片澄明，清水祖师的形象已由高不可攀的神明幻化为一位慈眉善目的老人，释放出大善的感召力量。越来越多人在学祖师多做善事，我想，这就是善的力量吧。

畲族建筑瑰宝

田 文

一到沧海就被绿醉了。

那种绿,绿得气势恢宏,绿得不分季节,绿得古意盎然。在那种绿的衬托下,一座座古民居显得如此安静、如此沉稳、如此内敛。

不知道的人也许会觉得沧海应该是沧海桑田的简称,或者"东临碣石,以观沧海"的沧海,其实都不是。据说沧海早年居住着田、孔、杨、蔡四姓人家,后杨家大发,就想方设法进行改溪,"溪变田,田变溪",改得小溪也可以行船,有点沧海之势,故取名"沧海"。自此,沧海有"十里澄天下,一碧武夷水"之誉。

钟姓畲族原先并不居住在沧海,他们是在清乾隆二十年由五千米外的汀海搬来的。钟姓人的到来带来了畲族文化,包括畲族的服饰、饮食、礼仪、山歌、建筑等。而这里现存的古建筑主要就是畲族民居和廊桥。

沧海古民居，多数房子的大门都是斜对着来水方向，或与河流成九十度角，叫"横水"，有招财进宝之意。民居院中必为祖堂，且面朝大院，稳镇四围。祖堂左右，是居民的生活场所，房间依次毗邻，环绕中心。生活区外围属于工作生产区，主要用来进行各种手工业生产及存放农具。各种房间功能明确，布局巧妙合理。

当地民居大多体现出"黑瓦白墙、翘角斜屋面"的特色。如龙长坊，建于清道光四年，坐东朝西，房屋由半月池、木制门楼、围墙、空坪、下堂、天井、厢房、正堂、护厝、漏窗组成合院式建筑。地面均为三合土夯制，历百年而不坏。漏窗是一种满格的装饰性透空窗，俗称"花墙洞""花窗"。沧海的漏窗外圆内方，圆者如水，圆融通达而利万物；方者如峰，立天地之间，胸怀四海且气度恢宏。沧海人兼收并蓄，处世修身莫不出于此。

建于道光二十八年的龙昌坊，同样坐东朝西，由木制门楼、围墙、空坪、下堂、厢房、天井、上堂、中堂、化胎、护厝、围屋组成合院式建筑。为了表现家族的富有，光宗耀祖，龙昌坊运用木雕装饰艺术，在堂中的横梁、斗拱、雀替上，精雕细刻着灵兽、花鸟、瓜果等图案，造型生动，形象传神，栩栩如生，令人叹为观止。

还有一座叫龙德堂，也是坐东朝西，由木制门楼、耳墙、围墙、空坪、下堂、厢房、天井、上堂、中堂、化胎、护厝、围屋组成合院式建筑。其中耳墙又叫"镬耳墙""锅耳墙"，因其形状与菜锅的手柄相似而得名。锅耳墙后又称"鳌头"，有独占鳌头的寓意。在功能上，它有防火的作用，还能够遮阳，大大丰富了建筑的侧立面。

在屋内装饰方面，畲族人也显得极为用心。屋梁上精心雕琢的春兰秋菊、夏荷冬梅，栩栩如生。最为神奇的是，这些雕花会随着季节变化而呈现出不同的颜色，从而突显出季节主题。如夏季荷花艳丽，而其他花色则自动变得黯淡；在冬季则梅花独艳，百花似凋。这其中的秘密在于，工匠在雕琢木花、勾画色彩时加入了一些特定的无机盐，这些无机盐浸入雕花，随着季节变化、温度和湿度的起伏，无机盐也随之析出或溶解，从而在不同的季节呈现不同的颜色，突出不同的花色。

沧海村的水尾照例有一座廊桥，叫"化龙桥"，始建于清乾隆年间。桥两侧设有美人靠、挡雨板，桥面由木板铺成。桥北面建有小庙"龙兴宫"，供奉赵公元帅，南面为戏台，供节日演戏用。平时，化龙桥既是交通要道，又是村民休憩、聊天的地方，到了正月，人们就在这里演戏、看戏。

群山环抱的沧海村，历史上曾经是森林茂密、瘴气横行的地带，虫灾、水灾、疾病严重地威胁着世代居住在这里的"钟氏兄弟"。他们希望这里人丁兴旺，于是就在每年春节期间开展舞龙灯活动。因为龙在乡民们的心目中是吉祥的象征，它能驱除虫害、抗拒水灾、消灭瘟疫，保佑五谷丰登、六畜兴旺。这里的龙灯与汉民族的有所不同，它除了一条有头有尾的大长龙之外，其余的龙则是只有龙头和一小节龙身，没有龙尾。

而且龙的形式视这个家族有几房兄弟而定。舞龙前，先要把大龙头请到化龙桥上，向桥头小庙中的赵公元帅跪拜，在庙中"洗身"，而后放"菩萨铳"，"起龙"……舞龙灯开始了，走在最前面的孩子们举着各类"鱼灯""花灯"，而后是各支房的"小龙头"，有"二龙戏珠""龙游大海"，此起彼伏，煞是壮观。最后，整条大龙出来了，足足有一百七十多节（按村中户数而定，每户一节），山乡沸腾了！新婚妇女和已婚未育的媳妇，早早就等候在大龙必经之路，恭恭敬敬地向大龙头拜上几拜，然后向舞龙者献上一对红蜡烛，便冲向龙头去抢拔那粘贴的龙须，认为这样便可以"早生贵子"。这就是"抢龙丁"的由来。

沧海多古意，畲乡美名扬。我们有理由相信，被绿色浸染得如同翡翠一般的沧海将越来越美，越来越成为吸引人的地方。

神奇的白水洋

林思翔

走进屏南,但见群山环绕、千岭逶迤、林木蓊郁、流绿溢翠。一树树桃花正绽开张张火红的笑靥,热情地招呼我们进山;一坡坡荼花像是铺在绿野中的条条雪白的哈达,欢迎客人的到来。这里近乎原始的自然生态,处处滋润着我们的眼球。被称为"天下绝景、宇宙之谜"的白水洋更是神奇诡秘,吸引着络绎不绝的人们去破解。

"高峡出平湖"许多人见过,而"高涧出平洋"又有几多?在群山环抱的深涧里惊现一片平展展的水面,浅水河床竟是一块几乎无缝的褐红色巨岩,有好几个足球场大,构成了一个可容数万人站立的水上广场。这就是神奇的白水洋,一片卧于峰峦之间水质清甜的山窝平洋。

面对这不可思议的浩瀚水面,我真有点不相信自己的眼睛。宽大的洋面上泉水漫岩而下,如一层富有动感的白色幕布笼罩大地，水质清纯，一尘不染，且分布均匀，水深都仅淹过踝面。徐徐流淌的泉流，如跳跃的音符，时而扬波，时而涌浪，哗哗之声，不绝于耳。卷扬的水波如鱼肚翻白，晶莹透亮；顺坡的流水则泛蓝吐绿，舒舒缓缓，尽染两岸青山之黛影。水在这里被演绎成一首诗。

要是夏日来此，着袜下水，更能感受白水洋的曼妙，也是难得的消暑享受。俗话说"柔情似水"，这里的水不仅柔，而且"顽皮"，站在河床，流水在脚底摩挲，在踝面打转，轻歌曼舞，水花绽放，让你在感受其温润的同时，还感受其力量与风采。要是在水上走累了，还可入水仰面漂流，徐徐流水送你尽览两岸峰林秀色。由于水浅河床宽，还可以举行运动会，开展多样的浅水体育运动。

白水洋的水流进鸳鸯溪，壮阔的洋面渐渐收拢成涓涓细流。穿越高山低壑的小溪，因了白水洋丰沛水量的融入，而变幻莫测，而妩媚多姿。流水一会儿撞石击礁，喧哗奔腾，犹如山野莽汉一般;一会儿却安卧深潭,纹丝不动,静若闺中少女。走在溪畔石径上,处处可见林荫蔽天,落叶铺地,古木森森,野藤蔓蔓,潺潺流水和鸟鸣啁啾一路伴行,寂静得似乎连心跳都能听得见,一派原始景象。在溪谷林间行走,不时还能听见闷雷似的响声,那就是瀑布快到了。鸳鸯溪境内山高岭峻、水量丰富,处处可见如绢似练高高悬挂的瀑布。其中百丈漈瀑布水流强劲,气势磅礴,最为壮观。由于山深水幽、人迹罕至,屏南的原生态保存较为完好。这里栖息着鸳鸯、猕猴等珍稀动物。每年秋后无数鸳鸯从北方飞来这里越冬,鸳鸯溪因此得名,屏南县也就有了"中国鸳鸯之乡"的美称。

故乡的石桥

孔 屏

那是一座寻常的石桥,多少年了,总让我梦魂牵绕。几回回,我梦见自己光着脚丫子,走在那光滑的石桥上,走回故乡,走回童年……

我的家乡是宁德西部一个青山环抱的山镇,北临一条水急滩阔的大溪,溪上有一座很长很长的石桥。石桥太古老了,古老得不知它建于哪个年代,只见桥面的石板已被行人的脚板磨出一道道深深的凹痕,石板上那奇特而粗犷的斑纹,像记述着什么神秘的故事……

都说建桥时得到仙人的帮助,因附近无巨石,仙人便施法术把远处的巨石变作猪、牛,驱赶到溪边,再点化为石,以供村民造桥。儿时,伏在石桥上,抚摸着一根根又长又方的巨石桥梁,看着它们架设得如此牢固,幼小的心灵对神仙造桥之说深信不疑:只有鬼斧神工才动得了这么大的石梁!

石桥是我童年的乐园,桥头有一个大圣宫,是个亭子似的小巧木屋,供着"齐天大圣"孙悟空的神像,因为看过《西游记》小人书,对这个猴面人身的淘气神仙颇感亲切。

我常常驻足石桥头,盼着下村行医接生的母亲早早归来。当溪边那一排木屋顶上袅袅飘起淡蓝色的炊烟时,上山采茶的邻居大姐姐们便挎着满篮新绿归来了。她们头顶的斗笠上插满了红灼灼的草莓,大姐姐把草莓分给弟妹时,也分给我一份。那红灼灼的草莓,便成为一种永远抹不去的记忆……后来我长成了半大孩子,便冲过长长的石桥,上山采草莓摘野果,带着满怀的快活和满兜的野果归来,趴在石桥上,一边品尝野果,一边数着在桥下清澈见底的水中嬉游的白刀鱼和红节鱼。我们扔下一粒果核,也会有一群鱼儿围上来抢食,逗得我们哈哈大笑。

石桥的夏夜,更是清凉快乐的逍遥仙境。天刚擦黑,石桥上的暑气已被阵阵溪风拂去,走在石桥上,凉沁沁的似有秋爽的惬意。劳作了一天的村民，放下饭碗，拔腿便奔向石桥。待到月上梢头时，连洗完碗、喂过猪的七婶八嫂们也结伴来石桥上乘凉了。又长又宽的石桥上，一堆堆地欢聚着全村的男女老少，变得极为热闹。老阿婆给孙子唱歌谣、讲牛郎织女，汉子们论古今、说年成、有板有眼，后生仔争强好胜、打打闹闹，村姑们窃窃私语、吃吃暗笑……整条石桥像巨大的露天舞台，淋漓尽致地展演着丰富多彩的乡村风俗戏，令人应接不暇。桥下流水潺潺，波光闪闪；远处田畴朦胧，青山隐隐；头顶新月如钩，星光灿烂……凉风习习，带着泥土和青草的醉人气息，带着山间流泉般的沁人清冽，吹得人们飘飘欲仙，引来众人一迭声喝彩：

"这真是座仙桥，仙人才有福分上桥！"

"放在城里，可以卖票上桥！"

夜凉了，人们渐渐散去，但那些火气旺、胆子大的后生汉则抱了被单毯子去，就在石桥上过夜。我也曾跟大人在石桥上睡过，更深人静时，听着夜鸟可怕的怪叫声，数着头顶上那些不停地眨眼的星星，在恐惧和无边的幻想中迷迷糊糊地睡着了……下半夜蓦然下起雨来，只好手忙脚乱地卷起被单，逃回家去，那情景在记忆中永远是鲜活的。

1966年，一场百年不遇的大水，冲毁了石桥，连巨大的桥墩都被冲得不剩一块石头，原先的桥下成了一片溪滩。没有桥，行人只好涉水过溪。村里的光棍阿福在溪边干起了背人过溪的营生。青壮男人大都自己涉水过溪，阿福背的是老弱病残者和妇女。阿福身坯硕壮、腿粗腰圆，加上整天嬉皮笑脸、好脾气，如同一个傻弥勒，平日间就是众人耍笑的主角，如今再干这背人过溪的营生，更成了人们的开心果。背年轻女人过溪，本是招风惹笑之事，乡间就流传着这样一句歇后语：大伯背弟媳妇过溪——吃力不讨好。阿福平日无法接触青年女子，现在妇女却紧紧地伏在他背上，双手还抱在他肩膀上，虽不是表示亲爱，但毕竟如此贴近女子之体，阿福因而精神抖擞，满脸漾着笑意，仿佛不是负重涉水，倒是一种难得的享受。岸上的人们见阿福如此行状，更是大笑不已。阿福上岸来，便遭众人盘问："阿福,你要从实招来,刚才有没有摸那胖女人的屁股?""阿福,你背那个漂亮妞过溪,一定没收钱吧!"阿福只是嘿嘿讪笑,脸上漾着满足的快意……于是,阿福背女人过溪,取代石桥成了山村风俗画中的生动一景。

时光在阿福背人过溪的脚步下流淌着。终于,村民开始集资造桥了。财力不足,工匠的功夫也不及古人,无法重造昔日那般宏伟的石桥,改为石砌桥墩、水泥桥梁、上铺薄石板。请来一支外地工程队。全村上下齐努力,奋战几个月,桥墩砌好了,水泥桥梁浇灌好了。在石板还没铺上时,便有顽皮少年在那只有二十厘米宽的水泥梁上走着玩,一段一段走向对岸。我也走过一回,走得胆战心惊:水泥梁那么窄,且架空那么高,万一失足掉下去,不死也得丢半条命。

新桥终于建成了,虽然没有旧桥那般雄壮,但也精巧漂亮、别有风格。于是选定吉日,举行"走桥"仪式——这是民间格式的"剪彩":在鞭炮炸响和鼓乐声中,由村里三位寿高体健、儿孙满堂的老人率先走上桥,众人跟随其后,全村老少都来了,走不动的也由亲人搀扶着,浩浩荡荡走过桥,仪式即告结束。为庆祝新桥开彩,村里特地请了戏班来唱戏,家家户户杀鸡宰鸭舂米糕,请各处的亲友来做客看戏。那一天,成了村里史无前例的盛大节日。

于是,石桥又重展风姿,特别是夏夜里,依然是村民们纳凉的乐园。

不觉中,离开家乡已经许多年了,夏日里,在吹惯了电风扇乃至享用过空调之后,我却越来越加怀念石桥夏夜的朗月清风。有一回,遇到一位进城办事的老乡,在感叹天气闷热之后,我问起家乡的石桥之夜是否依然热闹?老乡以不屑的口气说:"如今家家都有电风扇,在家吹风扇看电视多好,谁还到石桥上去!"这番话,竟使我心头涌上一种莫名的失落感。

我盼着能在夏日里回乡去,在石桥上过一夜,枕满溪的潺潺水声,拥满怀的清风朗月入梦。

从松台山到未名湖

陆开锦

我1978年走进古田松台山一中校园,在那里度过了两年的高中生活,1980年考上北京大学,成为未名湖畔的一名学子,屈指算来,离开古田一中三十六年了。三十多年的时光,改变了很多东西,无论是国家的面貌,还是个人的际遇。那些关爱培养我们的老师,有的已经离世,有的已经白发苍苍或步履蹒跚。当年少不更事的我们,也已经年过半百。随着年岁的增长,我常常会想起在古田一中的日子,想起在昏暗的灯光下苦读的日子,想起与老师和同学们朝夕相处的日子。我真的很感谢上苍的厚爱,让我在最美的年华,在青春年少的路途上,遇见了最好的你们。你们的厚谊嘉惠,是我永远的记忆。

从石坑小学到乡下班

古田一中高中两年,是我人生的转折点,是一个农家子弟跨越大山、走向广阔天地的第一步。我一直觉得,我的生命有两个原点,一个是生养我的故土,一个是培养我的母校,两者共同塑造了我精神世界的底色。

1963年,我出生在古田一个叫作"石坑"的村子。外人只要凭借这村名,大体也能想象它的模样。我的先人给自己的家园起这么一个土气的名字,或许是因为村子背后确有一座石头山(石饭甑岩,正被开发为景区),或许是因为确实是太没有文化了。村子其实并不小,人口千余。但没文化却是真的。我上小学时,村里尚无一个中学生。如果有人能看懂报纸,就算是文化人了。我上大学的时候,父亲给我写的几封信,都是请村里的学校老师代笔的。或许正因为如此吧,父母对文化有一种朴素的近乎神圣的尊崇。1971年我八岁时,开始上村里的小学——石坑小学。1976年小学毕业,由于公社中学规模太小,无法招收那么多的学生,政府就决定在村小学举办附设初中班,我因此继续在村里读了两年初中。当时石坑小学有八名教师(两名公办、六名民办),政府一下子派不出更多的教师,初中班的课就由小学老师来兼,化学和英语没有人会教,只好完全放弃。1978年初中毕业时,古田一中首次面向全县招生,我的成绩刚好上线。我成了石坑村第一个到县城上学的孩子。

跨进古田一中校园后,学校考虑到我们这些从各乡镇来的同学英语、化学等基础差,就把我们专门集中编为一个班——高一(3)班。正因此,我们这个班又被人称作"乡下班"。估计当时很多人没有料到,多年后,"乡下班"会成为一个闪光的名字而载入古田一中史册。就连我们自己也没有预想到,我们擦亮了班级的名字,我们以曾在乡下班为荣。在母校建校七十周年时,学校评选出九位杰出校友,乡下班有三人上榜,竟然占了三分之一。

当时乡下班共有六十多人。大家虽然都是来自各公社,但内部构成其实也有不同,有些是居民户口，有些是农家子弟。比如从凤都来的八个人中，游万滨、彭妤、朱婉萍、魏新、祝晓雄等五人，父母或是中学教师或是公社干部，只有叶学云、陈永章和我，父母是真正的农民。我和他们七人的区别在于，他们都是从公社中学（古田四中）考上的，而我是从村小学的附设初中班考上的。后来才知道，像我这样直接从村里初中班考上的，班上还有七八个。我在乡下班其实只待了一年，第二年（1979年）文理分科，我和永章、彭妤、传金等转到文科班。但就是这短短的一年，却在我心中刻下了深深的印迹，成了我一辈子无法磨灭的记忆。

遇见史上最强教学团队

怀念古田一中，最难忘的是老师。那时我们还只是十四五岁的孩子，很多人是第一次进县城（我是第二次，此前两个月参加中考刚去了一次）。我们就像一群刚出生不久的鸡雏，惊恐而好奇地面对着陌生的环境。现在的中学生对此或许无法理解。当年城乡之间隔着几乎难以逾越的鸿沟,是两个完全不同的世界。落后和土气是乡下人的代名词,优越感是许多城里人与生俱来的"气质"。当时其他班级的同学喊我们为乡下班时,我能明显地感觉到其中暗含的某种轻蔑。

我清楚地记得,每当有人大声喊我们为乡下班时,班主任江娥英老师都会出面制止、批评对方。记得开学后不久,也不知道怎么回事,楼上的高一(4)班同学大闹大跳,居然把本就有点老旧的双层木地板踩坏了一块,一些粉尘就从我们的头上撒了下来。娥英老师立马冲到楼上,把对方严厉地批评了一顿,说到激动处,我看她怒目圆睁,两个腮帮子都鼓了起来。她连声质问:"你们为什么不好好学习,乡下班有什么不如你们?"她又一字一顿地说:"你们不要看不起乡下人!"回到乡下班后,她又对我们说:"你们每个人都要努力,不仅学习要好,而且其他方面也不能落后。"老师对我们的爱护和鼓励,极大地激发了我们的上进心。此后,凡学校举行的各种活动,比如劳动竞赛、歌咏比赛、卫生大扫除等,乡下班的成绩都名列前茅,多次得到学校的表扬。毕业后同学们每次谈起娥英老师，都说她像一只老母鸡，精心呵护着我们这群小鸡。我觉得这个比喻非常真实、恰当。正是老师们的浓浓爱意，成就了乡下班这个团结友爱的集体。

除了高一时的班主任江娥英老师（兼教化学），印象特别深刻的还有教政治的林永栋老师，教语文的倪可源、李扬强、王福钟老师，教数学的陈学庚、吴登岳、王家滋老师，教英语的余根尧老师，教历史和地理的魏治农老师（文科班的班主任）等。我至今依然认为，这或许是古田一中历史上最强的教学团队吧。他们当时大多在五十岁左右，温文儒雅谦和，对学生有着极强的爱心，并且教学经验丰富，讲课疏密有度，善于启发引导，极富感染力。他们不仅传授我们以知识，而且教给我们许多做人的道理。同时，他们又都个性鲜明，讲课各有风格。

比如教语文的三个老师。扬强老师年富力强，幽默风趣。他讲作文，起承转合，激情澎湃，说到动情处，往往会做出捋袖子的动作，即使穿短袖也是如此。福钟老师给人的感觉是慢条斯理，比较耐心。他讲古文，条分缕析，旁征博引，讲得很深入。可源老师是学校的教务长，学识渊博，讲课总是散漫开来，天马行空，我疑惑他心里是否装有高考这件事。他会在临下课时在黑板上抄几首唐诗或宋词，让我们有空去背诵。他喜欢说："熟读唐诗三百首，不会吟诗也会吟"。我记得他不说"作诗"，而说"吟诗"。他说这句话时的表情和往墙角扔粉笔头后的拍手动作，我至今依然历历在目。说实在话，在很长一段时间里，我头脑中仅存的几首唐诗宋词，就是可源老师留给我的。感谢他对我们吟诵的要求，即便日后淡忘了，但那些诗句带给我们的影响，那些诗句背后的沉思与品位，早已内化为我们心灵的一部分。

还有在文科班时教我们数学的吴登岳老师，高高瘦瘦的，患有鼻炎，没讲几句，鼻子就要"嗯嗯"几声。他讲课深入浅出，逻辑性强，公式推导得一清二楚。正是得益于登岳老师的教导，原本视数学为畏途的我，在高考中得了九十二分，是各科成绩中最高的。

谈到古田一中老师，尤其感恩魏治农老师。古田一中那几年文科成绩斐然，在很大程度上应归功于他。1978年高考，古田一中文科"剃了光头"。那年底治农老师调来后，文科局面立马改观。1979年就有丁文清、丁馨等同学考上名牌大学。此后几年，古田一中文科在高考中都有突出表现。和可源老师相反，治农老师讲课的特点是，紧盯高考抓重点，凡是他认为不会考的，都不作为重点，都不要浪费时间。而且他讲重点，总是斩钉截铁、干净利落、毫不迟疑。每讲完一节课，他就把重点划出来。经他这么三下五除二，厚厚的一本历史书，只剩下了不到三分之一。这就大大减轻了我们的负担。治农老师有段时间声音哑了，一个多月上不了课。我当时是文科班班长，他就把我的课本拿去，把重点划出来，而后让我转告全班同学。治农老师还注意教我们学习方法。他认为历史最重要的线索是朝代，先记住朝代，再去记每个朝代中发生的重大事件。据此，我把中国朝代编了个顺口溜："夏商西周和春秋，战秦两汉三两晋，南北隋唐五代十,宋元明清中华民国。"虽然编得不科学,但中国历史的脉络被我记住了。这样在宿舍熄灯后,我依然可以躺在床上,按朝代顺序把历史复习一遍。治农老师说,地理最重要的线索是方位,只要熟悉了自然地理和行政区划两张图,就可以从北到南或从东到西,把该记的内容(比如河流、山脉等)记住,然后躺在床上,照样可以把地理复习一遍(我认为,和学理科相比,学文科最大的好处,就是不要整天趴在桌上做作业,只要躺在床上背就可以了)。除了划重点、讲方法,治农老师最为人津津乐道的是猜题能力。据说1979年那次高考,他就猜中了好几题。等到1980年我们高考时,果然又有几题被他猜中。治农老师之所以有这种"特异功能",主要是因为他对高考进行了深入的研究,哪年考过哪些题目了然于心。他认为,上年刚考过的,今年不会再考,近两年考过的,则可能换一种方式小考(如选择题、填空题等)。治农老师这种以高考为指挥棒、一切为了高考的教学方法,现在细究起来,难免有它的缺陷,但在当时,要在短时间里快速提高考试成绩，他这一招还真是管用。作为这种方法的得益者，我对治农老师永远心怀感激。

贫贱忧戚　玉汝于成

怀念古田一中，同样难忘艰苦的物质生活。乡下班同学都寄宿在校，家庭经济条件都比较差，很多同学吃的大米和咸菜基本上都是由家里人送来。家境稍好一点的同学，每个月家里会给几元零花钱，可以偶尔在食堂买点菜（肉片一碟一角、青菜五分、咸菜两分）。记忆中我基本没买过食堂的菜。我们每餐把米放在饭盒里（常常也切一两块番薯放进去），加上适量的水，然后交给食堂的师傅，师傅再放到大蒸笼里蒸。同宿舍有个来自大甲公社的同学，一日三餐基本上靠番薯米度日。永章与我同宿舍，记得有段时间，他到街上买了些炸豆腐泡在酱油里，由于炸豆腐比较松软，很会吸酱油，吃起来又咸又好下饭。我就向他学习，但吃几天肚子就受不了了。当时我家里种了很多番薯，番薯就成了我的第二主食。

高中期间最大的一次享受是，一个亲戚到县城办事，请我到餐馆吃了一顿炒面。最恼人的一件事是，好几次我把饭盒装不下的番薯暂时存放在食堂的格子里，等下一餐去吃饭时，番薯不翼而飞——不知被谁偷吃了。最悲摧的一件事是，把家里好不容易给的五元钱弄丢了，我来来回回、反反复复地找了几遍也没找到，为此心里郁闷了很多天。

但艰苦的生活并没有影响我们的学习，反而激发了我们向上的意志和学习的动力。当时心里已经明白，高考可以改变命运，而且是唯一的途径。只要考上大学，就不要再回到乡下去务农。"孩儿立志出乡关，学不成名誓不还。"为了梦想，我们开始了拼搏。我们上课全神贯注，课后不遗余力。每天早上六点左右，校园的各个角落，几乎都有同学在晨读。宿舍晚上十一点半熄灯后，还有同学在昏暗的走廊或路灯下看书。我们把英语单词写在小纸片上、放在口袋里，无论走路、吃饭甚至上厕所，随时都可以拿出来背。

有一天傍晚下课后，我和很多同学在教室复习，同学们断断续续地去吃晚饭，然后又陆陆续续地回到教室，教室里始终保持着一定数量的同学。等我起身准备去吃饭时，晚饭时间已经过了一个多小时，天已经黑下来了。为了学习，我们真正到了废寝忘食的地步。

回想自己从石坑小学开始的将近二十年的求学经历，古田一中的两年，是最刻苦努力，也是成效最大的一个时期。事非经历不成，功非积累不立。1980年和1981年（当时正值学制调整，高二没有考上大学的同学可以顺读高三），古田一中在高考中取得了大丰收。其中乡下班变成了向上班，我和吴忠考上了北京大学经济系，德键考上了复旦大学新闻系（其中德键成绩为全省文科第二、吴忠全省第五），永章、昭波、如晶、林燕、小强、景梨、养成、邹毅、学云、炳华、阿花、建铨、丽娟、传金、彭妤、炳汀等二十多人考上了厦门大学等高校。昔日的田间小路，走向了条条大道。我1984年北大毕业后，又考上了南开大学的研究生，再后来，又走出国门、漂洋过海负笈英伦。人生的道路虽然漫长，但紧要处往往只有几步。我深知，我后来能走得那么远，很大程度上得益于古田一中打下的良好基础。

老师一声三十年

1980年8月，我背着简单的行囊，离开了那个叫作"石坑"的村子，告别了松台山的一中校园。经过近五十个小时汽车火车的辗转，终于到达伟大祖国的首都，跨进了被誉为中国最高学府的北京大学。我的人生自此翻开了崭新的一页。

梦想已然成真，但初到北京，人在异乡，打量着陌生的校园，心里有些茫然。更重要的是，全班五十个同学，都是各省市高考的佼佼者，其中有三人是省"状元"。面对这么多的超级学霸，面对一系列新的挑战，我在新鲜兴奋之余，也不免产生了某种惶恐，不知自己能否跟得上。我不由地给治农老师写了一封信，谈了自己的担忧。老师很快就回信宽慰我："你对自己要有信心。你刚进古田一中时，基础并不好，但经过两年努力，你不是赶上来了，而且考了全县第一。这证明你有很强的学习能力。只要你努力，一定不会落后的。"老师的肯定和鼓励，极大地增强了我的学习信心。到大二时，我的成绩在班上进入了中上，大三时名列前茅，并获得学校的五四奖学金，大四毕业时论文被评为了优秀，收入学校图书馆毕业论文馆典藏。在后来我读研、留学直至参加工作之后，登岳、扬强等老师也始终对我嘉勉有加。

这几年，我与扬强老师有了更多的文字上的交流。有时，我会把我写的文章送给他看，他每次都认真批阅，写出评语，提出意见。2011年，扬强老师历经数年潜心研究，在出版《蓝田古文化》基础上，又撰写出版了《蓝田引月》。我为他写了推介文章，发在《炎黄纵横》和《福建史志》上。同时，我还写了首仿古七言贺诗给他："人生古稀未觉迟，躬行勉力作人师。三尺讲坛耕半世，桃李上千可慕思。故土长怀一己念，撰编史志岂心痴。喜哉大作今面世，德满家山天下知。"扬强老师收到后，即刻按古诗格律要求，帮我做了修改，成为："人生七十未觉迟，勉力躬行秉先师。三尺讲坛耕古邑，千株桃李贯幽思。长怀故土拳拳念，主撰志书眷眷痴。喜告新篇今面世，家山德满后人知。"他还写了一段附言："贺诗之类难写，而你出手不凡，写得有情有味。但按格律诗要求，这首仿古诗则欠合律体定式。律诗不但讲求押韵、对仗，而且还得平仄相粘对。我勉强依律而改，顾此失彼，很难合意，仅做参考。"我一直觉得我很幸运，能够在人生的路上，遇见像扬强老师这样的良师。

这次古田一中向校友约稿，乡下班同学反应最为踊跃，总共写了七八篇回忆文章，表达了对母校的感恩情怀，道出了同学们的共同心声。扬强老师给每篇都写了评语。他给永章的评语是："娓娓道来，神采飞扬，成为永久之文章，为母校争荣，为乡下班争光。"给炳汀写的评语是："详略有序，行文如流水，尤善选择典型事例及细节，令人拍案叫绝。"给万滨的评语是："写得真实感人，催人泪下。我亦曾为乡下生，故读此文，特引起共鸣。"给建铨的评语是："写得翔实动人，详略得当，感受尤深。"给邹毅的评语是："生日之作，难能可贵，写得如歌如泣，可喜可贺。"给当年最得意门生德键的评语是："大作超越当年才气，文笔挥洒自如，文采斐然，感人至深，老朽深感为师幸甚。"我亦将本文初稿传给他，他给我写的评语是："文如其人其名——如见其开，尤见其锦，花团锦簇，精彩，精当，精美。"年迈的老师对年岁已长的我们，少了些直截了当的批评。但在字里行间，我们能够深切体会到老师对我们取得点滴进步的喜悦，以及对我们念念不忘的鼓励和嘉勉。这就是我们的老师，即便在我们毕业三十多年之后，依然像在校时一样关心着我们，引导着我们。他们是天底下最好的老师。

一个人其实是看不见自己的，只有遇见或撞上了一些别的什么，反弹回来，才会逐渐地了解和认识自己。人生就是经历，并在经历中成长。在这样一个宁静的夜晚，当我写下这些文字，望着窗外的车水马龙，三十多年的往事如清风徐来。那青春年少的情怀，所有的贫困、遗憾和艰难,都曾爆发出超乎寻常的力量。流水带走了光阴,却带不走我们的情谊,带不走我们对一切美好事物的追求。我回顾着自己走过的路,细数着曾经的人和事,内心充满了感激。

岁月犹长。我的母校,我的老师和同学,我们曾经共同拥有的一切,不仅是今天的回忆,而且是明日的延续。你们温暖的目光,永远激励着我。我将继续努力。

谨以此文献给古田一中——我永远的精神家园!

土木华章

禾　源

曾以为能长草木的地是活土,能长叶开花的树是活木,后来才觉得土木无生无死,只是涅槃后的他们形态万千。夯土成墙,烧土成瓷……架木成梁,雕木成艺……孕育着生命不同的华章。

夯土

在西部边陲,我见过城墙残骸,见过古寺佛塔遗存;在闽南见过各种形态的土楼;在安徽、江西的徽派建筑中见过一堵堵马头墙;在撒落各个山坳中的村子里见过不同土色的院墙。墙,不管是立定在哪里,也不管他撑起什么样的建筑,墙体永远是土生土长的。

土,一向安静,安静到连个轻轻的叹气声也不发,默默地承受着天下苍生的生死托付。昆虫把自己的轮回祭台建在土里,龟蛇把孵化下一代的温床铺在土中。风,把土当作爱人,兴时撩拨着土,呼呼吹过,把随身带来的种子落到土里,慢慢孕育发芽。土,苍生之母,有着包容一切的大德。土,泉温滋润,天露开眼,看空中风卷云舒,看四季花开花落,看飞禽交颈,看走兽交配,看人儿相亲……在土的世界里这一切都是一样的,没有雅俗,没有尊卑,只是不同的演员在演绎着生存繁衍的游戏。土,不论何年,开春第一锄锹出都是新土的芳香,不论何时滴下的雨,泥土总当新欢相拥,共同孕育着一年年草木春秋。土,还能随着人的意愿,从地上爬起,跟着夯土的墙板一级级提升,在号子与夯声的一呼一应中,渐渐长高,高过牲畜,高过人,高到与主人心力等平。

土成了墙,墙与宅里的人共当风雨、共享荣辱,成了一个院落的碑,见证着人与禽兽不同的生活,见证人自认为的聪明才智。岁月在这里留痕,家脉在这里抒写,每一粒的土都渗透着世间烟火。

方正、平直是一座座宅院主人的心理向度,

可是天地处处是玄机，顺者昌，逆者亡，和者吉，背者害，审时度势是明智之举。土墙吧，运势而夯，不方则圆，不正就倚，合符天地格局重于一切。

我看着这格局中的福建土楼，可让我感觉这里的夯土处处出格。四方楼、长方楼、圆楼、椭圆楼、半月楼、交椅楼等，各具形态，把寄托永世其昌的宝宅院墙赋予生动活泼的形体，成了华夏庄严肃穆建筑画中的诙谐一笔，大胆地突破了中轴一线、两边对称、四平八稳的建筑风格。当然依然守住中心居正、四方辐射的族权之序。有人说"圆不会亏一方"是平等均衡的理念外化，也有人说这是神权为中心的取向。我琢磨着客家先祖的伟大，想到更多的是他们的朴实想法，那就是一碗水端平让各房平等。这里墙高得出格，"和贵楼"墙高五层，二十一米五。我世居土墙之院，我睁开眼除了能看黑黑的壁板外，就是看到那灰头灰脸的土墙，他们最高都只有三层，五层之高成了夯墙的豪门。有人说这个规格高过宫殿，是不是有蔑视皇权之念，我想不会有的。出格的高墙，为的是守住一家的财富，防盗防偷。守一家平安，这才是他们实实在在的想法。出格的高墙，让当年的"嘿哟，嘿哟"的夯声成了一曲接近梵音的绝唱。我进进出出南靖的土楼，从他们的故事觉得这和贵楼和得出格，会选择在一块方圆三千平方米的沼泽地上盖楼，把一个千秋华构落址在沉浮不定的沼泽之上。和贵楼以千年不朽松树为桩扎入沼泽地，桩上立基，基上夯土，一年一夯，全家合心合力，不仅落成千秋华构，也栖下了同心聚力的家族文化基因。这种聚有核心、有方有矩、秩序井然的和睦家庭，能不出贵吗？

客家人，流着同样的血统，一家如是，家家效仿。你有裕昌楼，我筑怀远楼，你筑顺裕楼，我夯长源楼……夯土之声此起彼伏，四面八方杵起影舞。艰难与辛酸就如爱闹的婴儿，夯声催眠，杵影如梦，安详地睡着。在一声声赞词中婴儿成了一个个立命于土墙跟前的汉子。

阳光熙和，照在青山上，片片的绿树透着永远不老的生机，清清的溪水流进日子，流出岁月，土楼与这方山水长相厮守，真正成为这里的主人。看看山，瞧瞧树，看看河，照照水，看看土楼，顾盼从这里进进出出的人群，总觉得土楼大有化境，纵有千姿百态、皆有风骚。可以有老夫荷薪，也可以有摩登过弄，还可以有西装革履……此番情景会滋长出一些错觉。土楼能做到固若城堡、盗匪难攻，可做不到贵贱有别、粗雅有类，是一个土豪。然而田螺坑土楼群的分布，告诉我，他们讲究外圆内方，讲究界而不绝，讲究尊严有序，让一个建筑群形成了众星拱月的效果，人们以可口的"四菜一汤"冠之。再看座座名楼，一定是面山清秀、遇垭植树、逢坎补桥、道冲立碑，把破与立的大哲学用这些寓意的行为来书写，这不是土豪能为，而是土楼在夯土中夯下了形意相随的哲学思考。意随天地格局运转，讲究意韵不只是中国的艺术家才享用，民间百姓一样处处用意，就是老奶奶也常说："意到即行，意到即行，意到吃水也发胖。"意到便是神来，处处随意有乾坤，朴实无华的土楼就是这种用意在先夯起的民间大厦。

我背着突突作响的土楼夯土声回家,把自己的双掌及胸脯贴在家乡的土墙上,让心跳传出土楼夯土的节奏,让双手脉动传出夯土的音律。家乡的土墙微微颤动,我的双掌与胸前粘上墙土的粉尘,同样节奏同样音律,只不过土楼的夯土阵容大气势猛,那声响也就能历久弥新,越传越远。

我走到宏村、江湾、西递、李坑……这些村子座座房子规矩方正,面面院墙灰色涂抹,高高墙顶翘首舒翼,青山绿水间有这样的房子就是典雅一笔。同宗同栖,同族相亲,座座相连,又成了宗族光宗耀祖的一笔。庄稼人讲究实在的丰盈富实,经商者讲究品牌的打造,文艺者讲情趣意韵的暗合,为官者则讲究宏图骄气的渲染。相比相较中,土楼仿佛就是庄稼人的城楼,安徽、江西徽派建筑的屋宇则是商人与官宦世家的宅第。

一种审美取向的导入,自然能搜索出许多相关信息。夯墙各地一样,捣,掺,拌,把土整成墙土,杵,筑,夯,让墙土壁立,四面合围构成院墙。不管是永定和南靖土楼,或是福建闽东各地民居，还是这独领风骚的徽派建筑，一概如是。然而也因为修房盖屋的主人志趣不同，这夯墙中也能搜出不同的词条。土楼主人是提着茶壶，一边抿着茶，一边听着夯声，说声可以加土，墙土才加上一层。主人若被夯声催眠了，这土就加不上，就一直杵个不停，此时头把式就会适时领唱一句的号子来唤醒主人。而这徽派老宅的主人，则是戴上墨镜，摇着扇子，吆喝几声，撒些纸烟，跟监工说上几句就走了。土楼主人在墙固楼实时，会到楼顶看看墙顶杵印，用手抹了抹，光滑如瓷，便满意地躺在睡椅上，取来山泉水泡着清明茶慢慢细品着。而徽派老墙的主人，看着固实的墙体，便要想着土墙的粉饰与翘角装点等，还得回忆生意路上见到的许多美景，如何塑到天井墙体上，让在家的母亲、媳妇也能分享到他所看到的景致。土楼里的主人实实在在享受土楼的温馨，徽商徽宦或许身在家中心还在路上，家中的安全，靠着这墙来守护，严严实实，不开窗户。土楼的主人也许明白，攻也是守，二楼以上开窗既可取光又可当防守的射口，放铳、投石、泼油……想到这些，再看高高的马头墙，斑斑驳驳的墙体。仿佛呼呼的长风吹到这里，绕墙三匝，走了岁月，留下风情。母望儿归，妇盼夫回，美人倚望，长吁短叹……斑驳如花地开在风情种种的墙上。这徽派建筑夯起的土墙比起土楼来，也许就多了些情味。

土，下种子会长花香、长果实；土，下夯杵会长夯歌、长院墙。土，捏成器物，投入烈火中，会长出冰清玉洁的瓷器。赣、皖之间鄱阳湖生态区的浮梁县，就凭景德镇瓷器闻名天下，被誉为"中国瓷都"。也因为景德镇名盖浮梁，曾经浮梁县的一个镇，一越成了管辖浮梁县的地级市。窑里烈火烧出来的货就是不一样，土成器，工成艺，雷鸣瓦釜也会烧成金声玉振。就如古戏中住在砖瓦窑里的穷书生，也能借窑里的旺气得中状元。

随着瓷片铺设的通道进入浮梁老县衙，我在县衙的门边回首这条瓷质冰心的通道，感觉到历史在这里停了很久。唐时光彩，宋代清幽，明遗典雅，清传艳丽，每一块瓷片都闪烁着当年通红窑火烧出的幽光。也就在这幽幽灵光中看到泥土的涅槃。土楼夯墙、徽派马头墙等这些土依然可以走着轮回的路，可景德镇中经过窑火炼狱出来的土不再步入轮回，就是重重摔碎一个花瓶，听到的也是一隅清脆悦耳的挽歌，看到的是一地闪耀光芒的泪花。

夯墙的号子，马头墙上的长风，青花瓷瓶上的馨音，你们都是夯土的华章。

架木

进了土楼，站在院中，顿觉脚底生风，滋长出要飘起来的想法。若有武侠小说所描摹那绝世轻功，一定会就地拔葱，一跃而起，功力到家就直上屋顶，功力不济就一层一踏板，层层而上，立定高处，吹一声口哨，让楼里的人将所有的目光一同投向我。童话一样的想法，想来了童年趣事。一到夏天，几个伙伴便去攀爬村前那棵大柳杉，爬得越高兴奋劲越大，对着树下的呼喊，有如号令，让一张张脸像向日葵一样寻声而向。

看着土楼天井上空的蓝天，蓝天下的黑瓦，

我悄悄沿梯而上,一层,两层,直到顶层。踩在每一块楼板上,绕着通达的走廊走上一圈。一步一响,一步一颤,楼板敏感地反应着。声响!颤动!只有亲人的情愫才有这敏感的神经,只有树锯成的板与我才有这种亲情。我双手抱胸伏在走廊的围栏上,居高临下有如当年爬在村前的风水树上一样,看那些在楼下喝茶的人,就是在风水树头纳凉的人,只是此境中我没有呼喊,而是在心中默念:土木老屋,土墙围形,架木为骨,铺板当肌,立为杆,横为枝,一座楼房就是一棵栖息着整个家族的常青树。

金、木、水、火、土分野四夷,木为东方。为此便有人说华夏民族用易焚易腐的柔软木头盖宫殿起民居,全因为木与龙同性质同寓意。树吸水而生,点燃成火,就如龙潜深渊,喷吐火舌;龙传说中驾云施水,就如树挡风遮雨。龙的传人选择树木建造自己的家园,自在常理之中。

常人眼里树就是树,倒下的树就是木头,我们的祖先随水而迁,择草丰林密的地方而居,在我眼里木柱木梁、架木起居,全是就地取材、方便为宜。

安居乐业，兴业家旺，渐渐地让房屋成了主人彰显实力的象征，官修府第，商起精舍，民建大楼，一座座房屋从栖身之所变为寓名望在其中。客家人远迁而来，深深明白自然法则物竞天择，一个人的实力比不上一个家族的实力，一指之力远不及一拳之势，不管多少兄弟、多少子孙，同心协力，荣辱与共，才能立足一方。一家之长务必不偏不倚，让每个子孙同罩在家族这棵大树的福荫里。他们不管方楼圆楼起梁架木选一样大小木柱，建造一样格局房间，让每个子孙享受同等福气。中间天井成了一棵无形家族之树的大树干。有的天井再盖小楼，就是这棵大树的树头之境，家族大事在此商议，家族的事在此办理，枝枝蔓蔓同归其中。

闽东北老屋仿佛各自为尊，一家一户独立门户，各房各宗各侍其家，若几个兄弟能同荣同辉便是几栋华构并排而列，择个好日子同时架梁，梁高等齐。正堂之柱不拼不接地圆溜溜地擎举起一家的屋梁，堂前两柱方方正正，下廊后厅等同大小的小柱并列。武夷山下梅村的邹氏祠堂立柱的思维有了创举,邹氏开基祖一种育四郎。他们既要体现四儿郎人人有为,又要让各个儿郎同承祖祠福荫,便把祠堂前的大柱一分四片,又片片合抱成柱,同心协力支起祖祠的大梁。柱,顶梁柱,架木起家最重要莫过于柱。看着这些柱子,读到了有方有圆的家庭规矩,读到了尊卑秩序,读到千年的儒家纲常。村里有名望做了,别人效仿;上代做了,下代人沿袭。一代代沿袭,成了顽固的思维模式,反射到行为中便是习惯。

宏村、江湾、西递、李坑……点着这些名字,跟读着别的村名没什么两样,然而这些村子则是山、水、屋和谐相融的徽派建筑的出众村子。口口天井,一同吐纳,同心同德,"四水归堂";座座马头墙,风雨同潇潇,仰首朝天,万马齐鸣,"马到功成"。登堂看架梁飞檐,才知道这徽派建筑最上心的是那大大胖胖"冬瓜梁",说什么"瘦柱肥梁,金银斗量",梁越大说明这家实力越强。这在客家土楼中没有的,闽东北民居也没有的。也许徽派人认为家道兴旺不在立地的柱子上,而是在横贯东西的大梁上。为官者志在四方,经商者走南串北,要发四方财,一个个宏愿,只有这样的大梁才能挑得起。大梁如主人大腹便便,把一座宅院的风度彰显。此情境滋生出一句家乡俚语:"傻人吃脚肚,智者吃腹肚。"我所有的心力用在这根大梁上,所有雕刻,院中花草,都只是一路风景,浏览而过。

盯着的目光,加上想法,眨眨眼仿佛会化作尖利的牙齿,我就这样啃着徽派建筑的"冬瓜梁"。眨着,啃着,口口生津,啜啜中让我回味着闽地栋梁的意味。龙头托架,一梁横贯,虽只是象征性一根横木,但必取良材、端庄笔直。架起鲁班先师合天时地利的精妙之算,架起了先师的庄严肃穆。上梁之时必是吉时良辰,先师的徒子徒孙不管有多少精湛技艺也依然中规中矩。梁架上,供品上,请来先师,大喝赞诗。这梁的意韵仿佛在梁之上。

我带着许多念想,行走在江西铅山河口镇的古街上。这被誉为"八省通衢"的老镇古街多少岁我不敢问及,就街中的铺路石磨出锃亮的坑道，用我的百倍岁数再加上我念想的许多故事都难填平，只有街边的两排木架的板楼才有与其共同见证着这里岁月的脚力。这些板楼一栋挨着一栋，木柱、板墙、木门、木窗，卯榫拼合，一阴一阳，孕育出一座座房。房屋阵列街道两边，开窗相望，一楼为铺，二楼为厢，一到夜晚各铺打烊，整条街成了一条隧道。想象中，在夜深人静时穿过街衢，一定有进入森林古道的感觉，偶有的鼾声像林海深处缥缈的玄音。一个繁华的集镇，居然是林木拼架起来的。古街正因为这么多的木，故日子也就过得红红火火，也正因为这么多木房子才住下了河口镇温馨的岁月。

木头心直质软，不管纹理经纬多维，木心一味直上，树总是向上长着。也不管木质密度再高，也硬不过石头。相对而言，这木质是柔软服帖，柔软的特性成了雕刻人最亲昵的性格。土楼人不雕梁画栋，但要雕窗刻棂；闽东北人也一样，不放过显眼处摆谱风骚，什么渭水访贤、姜太公钓鱼等，把渔、樵、耕、读刻在一扇扇有窗有棂的地方，让历史上典故定格在这里。徽派建筑在此基础上还在那个硕大的"冬瓜梁"上刻下精美的木雕,雕梁画栋,意气风发。木架的房子拆下时,依然是木头,而这些雕刻着寓意的木头则成了古老的民间技艺。木头在这里成了艺术精品,木头与泥土一样能登上艺术的殿堂,到达自己意想不到的意境,聆听着一年年春风秋雨的咏唱。

  我如今常走在裹着水泥的道路上,踩出的声响格外清晰,就在这清晰的声响中,我感觉到水泥下泥土的哀怨,声声有如阿炳在街头流浪的二胡曲调。我如今常见到那些找不到纹理的木柱,轻轻叩着,回音短促坚硬,我感觉到柱子的无奈,无奈至郁郁寡欢,失去了她应有的温馨。怀旧吊古,不是自作多情,是因为土木在我的身上感应。

溢满清辉的村庄

王振秋

记不清这是我第几次来到这里,来到这座历史悠久、民风淳朴的国家级历史文化名村——廉村。

廉村坐落于福建省福安市溪潭镇,原名"石矶津",是唐朝福建第一个进士薛令之的故乡。穿过石径,映入眼帘的是气势磅礴的古城墙。据《福安县志》记载,古城墙全长近一千四百米,高四米四,厚三米六,呈椭圆形绕村一周,用以抵御当年的倭寇并加强海防。城墙原有八道城门,现存六道。墙内的古街道典雅整齐,由纵向平行排列的光洁条石铺成,条石间镶嵌着精心拼花的细小鹅卵石,这便是古时候官员衣锦还乡的"官道"。

廉村不大,但至今尚存明清时期大型民居二十六座、清代祠堂四座。紧挨着宗祠的城门外,有保留完好的唐宋古码头。据县志记载,过去这里的河床很深,海潮涨起可直抵村头。因此,这既是直通大海的内港,又是沟通闽东北、浙南的水陆枢纽和食盐、布匹以及山货等各类物资的集散地。站在古码头上,一个占地广阔的古樟树园尽收眼底。轻风吹送,香樟苍翠的叶片就像湖水的涟漪层层荡开。

唐时的石狮、宋朝的碑刻、明清的建筑群落,彰显着廉村文化古村的雍容典雅。古城墙、古码头、古樟林默默伫立,执着地守护着这里的一草一木。澄碧似练的廉水,静静流淌,日复一日,年复一年,寄托着人们对"苜蓿廉臣"薛令之的思念。

薛令之,字君珍,号明月先生。他自幼聪敏好学、极具诗才,神龙初举进士,成为"八闽第一进士"。薛令之及第后,被任命为右庶子,官至四品。开元中,唐玄宗授他左补阙之职,并命他与贺知章同为太子李亨侍讲。有一日,唐玄宗命其作一首吟"屈轶草"的诗。相传屈轶草是一种能指出奸佞的草,又名"指佞草",其实就是谏官的象征。唐玄宗此举，似乎有意在朝臣中倡导一种敢于谏诤的氛围。薛令之便写下"托荫生枫庭，曾惊破胆人。头昂朝圣主，心正效忠臣。节义归城下，奸雄遁海滨。纶言为草芥，臣谓国家珍"，斥责了朝中奸臣的丑恶行径，也表达了自己廉洁的志趣和不与奸佞小人同流合污的情怀。

开元中后期，唐玄宗沉迷声色犬马，奸相李林甫专权误国，令朝野上下怨声载道。一日，薛令之见宫苑中高达丈余、叶色紫绿的苜蓿，联想起李林甫的所作所为，便在东宫墙上题下《自悼》一诗："朝日上团团，照见先生盘。盘中何所有？苜蓿长阑干。饭涩匙难绾，羹稀箸易宽。只可谋朝夕，何由保岁寒？"玄宗见后回曰："啄木嘴距长，凤凰毛羽短。若嫌松桂寒，任逐桑榆暖。"薛令之心知得罪玄宗，便谢病东归，返回故里，过起了穷研经书、抱瓮灌园的生活。据说薛令之还乡后，唐玄宗又生悔意，常打探他的消息。当听说薛令之生活窘迫，"甚心怜之"，下诏命长溪县以岁赋资助他。薛令之则酌量受之，从不多取。

至德元年,唐肃宗即位。翌年九月,他思及与薛令之的师生情谊欲召入朝。但在此前数月,薛令之已卒,肃宗闻之潸然泪下。为嘉奖恩师秉直清廉的风范,敕命其乡曰"廉村",溪曰"廉水",山曰"廉岭"。廉村成为中国历史上唯一由皇帝赐封以"廉"字命名的村庄,从此"三廉"声名远播。

"访廉以明志,鉴古而知今。"薛令之留下的明月清风,拂过数千年的朝代兴替、人世沧桑,留存至今并深深地嵌入了这块古老的土地,辉映古今。

梦忆录

张白山

杜西

我是福安人,在我的童年生活中,值得怀念的,还有外祖父家的小女工——杜西。事情已过许多年,我也已进入暮年。不知为什么,只要我发病卧床时,杜西这个年仅十二岁、梳着小辫子的小姑娘,就像游魂那样飘浮在眼前,挥之不去。这个小姑娘,长得并不美,由于长年营养不良,头发枯黄,脸蛋消瘦。要说好看的话,只有那双水灵灵的眼睛,它老是闪着纯真、稚气的光芒。然而,我所怀念的却不是她的外貌,而是她的善良、温存与朴质的内心。

杜西是从山沟里来的,因为穷窘,一年四季,不管是寒冷与酷暑,老是穿着宽大不合身的旧蓝布衣裤,光着脚丫儿。我的家乡,冬天不太冷，很少落雪。但她一双脚丫儿，经常冻得像嫩姜芽似的。就是最冷时，她也只是趿着磨破后跟的旧布鞋，嗒啦嗒啦地走着。

杜西何时到我外祖父家，我不清楚。反正我到外祖父家寄食时，她已在那儿干活儿了。外祖父是中医，大约医术不怎么高明，前来求医的病号并不很多，光景自然不大好。外祖母则耳聋、信佛。她整天坐在蒲团上，低眉闭目，口诵《金刚经》，什么"蜜多波罗，蜜多"念个不停。管家的是舅舅与舅妈。舅舅当钱粮员，有点收入。膝下两个表妹。这一家六七口，有许多杂活完全靠杜西来干。就说屋后那块菜地罢，种植的青菜，都靠杜西松土、播种、施肥、灌溉。倘是瓜类，还要靠她搭瓜棚，茄子、豆荚也是靠她用一根根细竹竿支架起来。另外，她得提水、扫地、洗衣，哄小表妹们玩耍，客人来还要沏茶、端菜。冬天到了，她又忙着劈柴火。她起早一直忙到摸黑。我看她常常累得连头也抬不起来，那时我比杜西小三岁，正在念私塾。看她忙不过来时，我帮着干一些轻活儿，如到菜地浇水、施肥，等等。重活如劈柴火，我就干不来，只跟在她身后，拣些木头、枝丫而已。

杜西到底年纪小，体质又十分瘦弱。有些活儿干不来或干得不好，都是难免的。比如洗涤碗碟，一不小心就容易打碎，舅妈看见了，一个巴掌打过来，杜西感到委屈，便呜呜地哭了。她一边抹着眼泪，一边仍得洗涤碗碟。舅舅的脾气更暴躁，动不动要打人，我们小孩子都怕他。他一回家，我们躲得远远的。挨打的往往又是杜西。一个十二岁的小姑娘懂得什么，挨打了，想不通，有时哭着哭着便躺在柴堆上睡着，因为她实在太累了。

大约是因为母亲与我是寄人篱下的缘故罢，对这个在苦水中泡大，如今仍浸在苦水中的杜西，在感情上容易产生共鸣，对她的工作一直是支持的。曾听母亲说，杜西不是她的真实姓名。她原是孤女，从小由村里人家收养拉扯大的。这一点，我过去不知道。后来不知怎的，她辗转到外祖父家当女工，管吃不给钱或给一点零用钱。那么杜西究竟是谁家的闺女，姓甚名谁？外祖父曾托人四下打听，怎么也打听不出来。于是，只好用"杜西"这村名，当作她的姓名来叫了。可是，杜西这村子究竟在那儿？是不是"兜里"的讹音？因为她不是名人，一直没有人认真调查过。

杜西虽身体瘦弱，然而不幸的遭遇与繁重的活儿，却严酷地锤炼了她，使她像小树一样，茁壮成长起来，使她懂得如何从疲惫、烦恼中解脱出来。她居然学会了唱许多儿歌与山歌。高兴时，她常常坐在柴堆上或瓜棚架下，一边梳着辫子，一边便唱起歌来。她喜欢唱的是这首歌：

小菠菜，就地黄，三岁四岁离了娘。

端起碗，泪汪汪，拿起筷子想亲娘，

爹爹问我哭嘎哩，碗底烧得手心慌。

杜西唱这支歌时，还淌了泪。她为什么喜欢唱这支歌，是不是与她的凄凉身世有关系？在当时我没敢去追问她。我呢，只知挖墙根、捉蟋蟀什么的，要么就上树搞桑葚吃，不但不会唱歌，就是她唱的许多歌，我也听不大懂。于是，杜西常常陪着唱些我熟悉的歌：

天上一颗星，地下一块冰。

屋上一只鹰，墙上一排钉。

抬头不见天上的星，乒乒乓乓踏碎地下的冰。

啊嘘啊嘘赶走了屋上的鹰，息列忽落拔掉墙上钉。

我们还常常背着外祖父家的人，躲到菜地里玩陀螺。有时杜西干完活儿，看到我在念书，便走过来，挨着我的肩头，跟着学字。但她更喜欢的还是图画。我念的《幼学琼林》是上海扫叶山房印的，每页下端是文，上端是画。她对画画，一页一页地仔细看，贪婪地看，简直入了迷。

迄今使我萦怀于心的，还有她一直支持我念书。比如，每到傍晚，她总是把我的油灯的油添足。别人房里的油灯，只一根灯草，而我的油灯却多了一根灯草。这样明亮得多，但是费油。舅妈知道后会有意见，杜西却不怕，她有办法对付舅妈。我穿的衣衫，因与同学打架，撕破了或丢了纽扣，也是杜西给我缝好。我母亲知道后，心里委实感激她。我常看到母亲给杜西梳辫子，用红绒线扎起来，还给她旧衣衫、角梳什么的。

这样，我与杜西就成了朝夕不相离的朋友。

记得有一回我病了，发烧，泻肚。杜西征得舅妈的同意，干完活儿后，便到我身边端饭送药。我服用的药，都是外祖父给的，既苦又辣，很难下咽。杜西却弄到了红糖，拌了药，哄着我吃下。发高烧时，她总是把我搂在怀里。她紧闭眼睛，低下头来，将那温热的小脸儿，偎在我的前额，几绺发丝披散下来，覆盖我的额头。她低声地哼着我爱听的儿歌。随后她又轻轻地吻我的脸儿。我在迷糊中忽然感到一股微热的水滴，落到我的面颊下。我睁开眼睛一看，她在哭哩。那泪水像脱了线的珠儿，扑落扑落地沿着我的耳边直流下来。"你哭了。"

她只摇摇头，没理会我，她连忙用手背抹掉眼角的泪水。我想亲亲她但没有。我只伸出颤抖的手抚摸她的发丝。病愈后，我仍尽力帮她干一点活儿。瓜熟了，我给她搬来凳子，让她上了棚架摘黄瓜或丝瓜。我站在下边，把她递给我的黄瓜或丝瓜装进竹篮里。

我还记得，有时不慎打碎茶杯，或踢翻外祖父的花盆，母亲要打我。这时杜西就出现了。她无畏地站在我母亲面前，百般庇护我，为我开脱责任。因此，我免了挨打。有时甚至说是她打碎或踢翻的。在这个场合，我感到内疚、惭愧。别看她是小姑娘，她的形象可比我母亲高大而壮美得多。相形之下，我显得多么渺小啊！

　　过了一年，天气渐渐热起来。我随着母亲迁出外祖父家，另行赁屋居住。我依依不舍地离开了杜西。记得搬家时，她还忙中抽空来帮我们收拾东西。我临走时，她哭了，这回哭得很伤心，竟呜呜地哭出声来。她一句话没说，只悄悄地塞给我一个绣花的小荷包。这是她自己缝制的，在小荷包上绣的是一朵红花。由于年纪小，针法不免粗糙些，然而，它却灌注了杜西一片赤诚的心意啊。我离外祖父家的头年，曾几次去探望杜西。她显然更加消瘦，但是，她很高兴，态度仍然活泼、真挚。过了一年，不料杜西竟悄悄地回到她那个小山村去了。为什么？我不知道。从此，我再也没有见到她。多次打听她的下落，总是渺无消息。我像失去什么似的，感到惘然、怅然。她送给我的绣花小荷包，我一直保藏到小学毕业，后来则不知去向。大约是我的小弟弟拿去玩丢了。

许多年过去了。我想，杜西如果现在还活着，也早已成为满头白发的奶奶了。但在旧社会的乡下妇女，是极其穷苦而不幸的，很可能早就不在人世了。

然而，我一直怀念着杜西，仍然希望她健在而幸福。

围墙

夜很深，病房渐渐安静下来。我因胸部剧痛，不能入睡。医生给我一片安眠药，我冲服下，过一会儿，便迷迷糊糊地进入梦乡。然而总是睡不稳，我仿佛飘浮在云霞之间，梦见童年许多往事。我好像还在小学念书。

我初上的小学是教会办的陶淑学校的小学部。这是一所慈善学校，专收孤儿与穷苦人家子弟，供膳宿，还免收学杂费。我因住在学校对门，格外照顾，也让我去上学，但各种费用则自理。这所学校的校规极严。小学部、妇女职业班、修道院修女与教职员，总共不到一百多人，却被管教得死死的。大家驯顺得像绵羊一样。偌大的学园，平时安静得宛如一泓死水。我们初去上学的孩子，对此很不习惯，心里憋得发慌，很想到操场，放声歌唱一番，把积压在胸中的闷气散发出来。然而，谁也不敢。久而久之，我们也都毫无例外地成了小羔羊。五四运动提倡解放妇女已多年，而这所学校，上课还是男女分班，已是一奇；彼此不准交谈，又是一奇；我们八九岁男孩，倘与二十岁上下的修女谈话、打趣，便被斥为有伤风化，此又是一奇。记得我班上的王二毛给修女郑丽丽捎带花线，便受到"站角"的体罚，修女则挨了打。至于校园里的人，不能随便出去；外边的人，不经校方批准，更不能进来。总之，这所学校比我先前念的私塾来，还要封建，还要保守。

这种风气之坏，当然与学校的校长作风有关。校长叫嘉小姐，学校里的人，只要提起她来，无不咬牙切齿，恨之入骨。她是从遥远的苏格兰来的女传教士。关于她的真实姓氏，我们孩子一直弄不清楚。事过多年，已无从查考。我想，可能是嘉莉或嘉瑟，要不然就是嘉西的简称。这位嘉小姐，在我上学时，她已四十岁。这般年纪，在我们那儿应该叫大妈；倘是早婚，可叫奶奶了。然而她却叫小姐，这是可笑的（外国女人，未婚的都叫小姐，那是后来才知道的）。她在我们小孩看来，长得既高且瘦。她与另一位苏格兰来的项小姐一样，都是碧眼金发、白皙脸蛋、薄嘴唇、高鼻梁。她上课时高鼻梁上都夹着金丝眼镜，细看满脸可都是皱纹。那时我们初见洋人，很难辨别得出她们之间的差异来。只知嘉小姐是校长，项小姐是护士。后来据我在课堂的观察，才发现她们之间还是有差异的。比如嘉小姐的鼻孔就比较大，而且还多几根金黄色的鼻毛。

我上的拉丁文课，就是嘉小姐教的。她身体可真棒，冬天人家都穿棉衣，她却穿薄薄的一身连衣裙，顶多外披一短领毛衣。听说寒冬腊月，她夜里睡觉，从不关闭窗户，卧室的壁炉，也从不烧柴取暖。她就是这么不怕冷啦。唉，唉，我总是喜欢注意这些鸡毛蒜皮的事儿，所以没法专心学好拉丁文。每次上课铃响了，嘉小姐就走进来。但她的来，对我们这帮孩子来说，简直是个灾难。教室不大，只有十五六平方米大，坐了十六七位同学，挤是挤一点，倒也还安静——谁敢不安静呀。教室四周墙上挂了好几幅彩色套印的基督耶稣图像，什么耶稣诞生、耶稣受难等。我不信教，不爱看，即使看了，也不过因为它画得好；我喜欢看的倒是圣母玛利亚的微笑。她笑得那么庄重、那么天真。她笑里充满着对生的希望与欢乐！嘉小姐一上来，可不管这些，就挨个查问起来。哪个念不好、背不出来，就罚站。往往一直站到全班拷问完了，这才叫你坐下来。有一回，我背不出来，就被罚站。站久了，有点不耐烦，直望着圣母像发呆，随后又发笑。这可激怒了嘉小姐。"你笑什么？"她用蹩脚的中国话问我。我当时心里一慌，一时回答不上来。她哼了一声，不再言语。到下课铃响了，同学们纷纷到食堂吃午饭去了。她还叫我站着，有意罚我饿一顿饭。我感到又累又饿，肚子里叽哩咕噜直叫，头晕乎乎的……

从梦中醒来，我果然感到肚子饿，头晕，额头还沁出汗珠来。我拧开台灯，顺手摸到床头柜上的饼干，啃了几片，又喝了一杯热水，渐渐地又睡着了，仍然继续做我的梦。

还是那个教拉丁文的嘉小姐。她教得严厉，我们倒不怕，念不好反正罚站就是了，没啥了不起。怕的倒是，她那副对待我们的傲慢态度。她那双碧蓝的眼睛，在金丝眼镜的背后闪着狡黠、鄙视、优越感的目光，这简直使我们受不了。她这目光，很快使我联想到猫捉到老鼠时的傲慢神情。所以，我们对此无不感到气愤。每逢下课，嘉小姐手提阳伞走过通道时，我们孩子便在她的背后做鬼脸、吐唾沫。

这还算是小事。民愤大的是嘉小姐她们虐待修道院的修女，修道院收容的不到十位修女，她们全是孤女、弱女子。我念书时，她们年纪，小的只十二三岁，大的也不过二十岁。她们都长得眉清目秀、伶俐天真，个个像熟透的葡萄，亮晶晶的，丰满多汁。然而，嘉小姐对她们管得挺严、挺紧，不准打扮，一律梳长辫子，穿黑衣衫，平时只限诵读《圣经》、教义与拉丁文，别的书不准看。她们做的针线、刺绣活儿挣的钱，一文也要不到，全归学校所有。修女的伙食比我们更糟。她们吃的多是陈年糙米与白薯干。菜呢，是自腌的咸菜，一个月难得吃一回肉。可是，嘉小姐、项小姐呢，她们吃得可是丰盛的番菜呀。听说一顿要吃好几道菜，还有葡萄酒、牛奶、奶酪、甜品、水果、咖啡什么的。怪不得她们冬天不怕冷。修女得病，往往得不到及时治疗。有病死的，深夜抬到荒郊埋掉算了。反正是孤女，有谁来过问？没有。

但是，修道院也并不是风平浪静的，被压服的埋藏地下的火种，总是在奔逐、进流。我上小学的头年冬天，这座火山终于爆发了，喷出炽热的熔岩：两个修女半夜里逃跑掉。这个震动很大，因为这两个人的逃跑，是经过许多人的支持与安排的。这可把嘉小姐气昏了。她一再派人四处寻找、追踪，终无消息。没逃跑的倒了楣，她们被审讯、盘问，被看管得更加严密。凡是外来的信件，要严格检查。嘉小姐还下令：谁也不允许到修女宿舍串门。

嘉小姐还通过别人，购进土地，佃给人家耕种，坐收地租，听说还私放高利贷。这两位苏格兰小姐究竟聚了多少财富，我们小孩当然不知道，我们只看到她们在校园里，盖了一幢十分精致的洋房。那是纯苏格兰风格的三层木质结构的尖顶别墅。它坐落在山上风景清丽的地方。远远望去，在一片绿树掩映中，露出红屋顶、白粉墙、棕色油漆门窗。粉墙上还爬满油绿的"爬壁草"。门窗的玻璃在阳光的照射下，令人耀眼。底层的过廊上，摆满一盆盆雪球、玫瑰、海棠、蕙兰、虎刺。洋房周围，绿树成荫。房后山坡上，雇人种植瓜果、蔬菜，养了奶牛，这全是供她们吃的。她们的住处，只有女仆可以进出，一般人不能进去。我曾怀着好奇心，悄悄地溜到门口，正在往里张望时，冷不提防，一条苏格兰种的长毛狗，龇牙咧嘴地跳了出来，吓得我撒腿往回跑。以后我们谁也不敢往那儿跑了。有一天,我们在操场上竖蜻蜓,碰上这条长毛狗。我们立刻围上去,用棍子、竹竿、石头,狠狠地揍它一顿,揍得它汪汪直叫,随后瘸着腿,夹着尾巴逃跑掉。那些媚外者,既怕洋人,也怕洋狗。我们孩子不怕,碰上洋狗就打哩。

校园坐落在半山腰上,居高临下,可以俯瞰山城全景,城郭房舍,历历在目。城外四面山峦起伏,一川烟笼平野,景色确是宜人。几十间平房,依山之高下,连成一片的建筑群。空地遍植树木花草。如此优美的校园,嘉小姐却围以高墙,仅开一大门却又上了锁,上留一小门进去。这与其说是校园,毋宁说它是一座监狱。我们教职员生就如囚徒那样,被关闭在里边学习与生活。这种逆历史潮流的教育方针,必然导致修女的逃跑。那有什么可奇怪的呢?

我不想待了,不到一年半便转学到县立小学。记得1926年北伐革命军打到我家乡时,这所学校就提前放假。全校员生与修女,无不欢天喜地疏散走了。那时我刚入初中,参加游行示威。队伍走到陶淑学校门口时,我们高喊"打倒列强"的口号。可惜嘉小姐、项小姐已经回到苏格兰去了。后来我离开家乡,消息渐阙,不知这所学校是停办,还是复课?那两位苏格兰的女传教士想来年纪不小,可能不会卷土重来罢。

忽闻一阵雷鸣,隆隆直响……我又从梦中惊醒,原来是窗外的海涛声音。这时我不仅感到胸部剧痛,而且感到疲惫、倦怠。我看一下夜光表,已是下半夜三时。四下里寂静得好像地球在转动都能听到。我想,人到了暮年,犹依恋于童年往事,那是危险的事情。为什么不向往于未来,不去想继续再干一些有益人民的事情呢?

春天的歌

谢瑞元

牛背的笛声

晨雾逐渐消散,桐江里树影逐渐清晰了。哦!是谁这么早在桃园里培土?他愉悦地听着什么?——从南岸传来了笛声。笛声跌落在水面上,流得很远、很远……那清澈的桐江,映着那骑牛横笛的倒影。这孩子是"牛司令",头剪"一片瓦",脸蛋儿圆圆。

早春二月,桐江两岸大闹春耕,大人、小孩都忙呐。瞧!那牛背上驮着各种果苗——桃、李、橘、柚……叫孩子怎么不快活呢?!笛声渡过桐江,传到北岸。这时,从北岸顺流而下,传来了笛声。啊!江里又映着骑牛横笛的倒影。这女孩叫笑妹,头扎羊角辫,脸如桃花。叫她怎么不乐——此刻,她们植树计划超额完成了。

随着阵阵笛声,两岸传来一串笑声。啊!怎么叫人不欢欣呢?!——这梧桐之江变成百花江了。瞧!"牛司令"神气极了,挺胸凸肚的,朝北岸吹着。笛声化成淙淙的桃花水,奔腾着,激溅着,流进新开辟的百果园里。霎时,眼前仿佛呈现叶茂花红、硕果累累。此刻,笛声显得那么喜悦与自豪。笑妹是个犟女孩,怎肯认输呢!笛声化成漫天春雨,浇洒着她心爱的百果园、万宝山,那芬芳的音符,显耀与骄傲地缓缓飞翔着,那意思仿佛是:百果园稀罕什么?我们种的果树不比你们少,还种了桉树、松树、柏树、樟树哩!"牛司令"听到北岸笛声,又横笛吹了起来。随着笛声的召唤,南岸放牛孩子围拢来了,抢着从牛背上搬下果苗,繁忙地栽了起来,并喊:"比比吧,今天看谁栽得多!"笑妹听了,如火中撒盐,笛孔溅出激越的歌声,毫不示弱,表示应战!这时,老支书从桃园出来,哈哈笑说:"好哇,来个栽树比赛吧!"

这时,早霞满天,桐江像被谁泼了胭脂,流着芬芳的桃花水,流着从牛背跌落的笛声……

吉祥草

三月清明，奶奶从遥远的山村，捎来一篮"鼠曲蕈"。这篮嫩绿色的鼠曲蕈，勾起我童年的记忆：

小时，每当三月清明，我提着竹篮儿，跟奶奶去采鼠曲草。它长在田畔、山坡湿地上，花儿淡黄，嫩绿的叶瓣儿上，闪着晶莹的晨露，密生洁白的绵毛，散发着清香。我们采撷时，心头充满着欢欣。这时，奶奶微笑着说："吃了鼠曲蕈，落春了，农事便忙了。"每当采集到满满的一篮，在小溪边洗净，便晾在家里。

鼠曲蕈是故乡"吃春"时节的主菜。奶奶是做鼠曲蕈的能手。她把晒干的鼠曲草磨成粉，和在糯米粉里，用笼子蒸熟后，做成小巧玲珑的梅花、杜鹃、石榴等花形，然后拌糖或煮或炒，清甜美味。另一种是把鲜鼠曲草蒸熟，和在蒸熟的粳米里，拿到村前水碓去舂。这时，水碓里闪着盏盏金亮的灯火。舂鼠曲蕈的男女青年，盘着抒情的山歌，欢声阵阵，笑语频频，热闹极了。舂鼠曲䔲的咔嚓声与流水的哗哗声，组成生活芬芳的音符，在绿色的田野上款款飞翔。朦胧的春夜月，也从云缝中露出欢欣的笑容，窥视着这幸福的节日山村。每当舂完一臼嫩绿、喷香的鼠曲䔲，便放在厚而坚实的宽长垫板上，于是一阵繁忙的搓捏，做成各种象征吉祥、幸福的形状：宝塔、白鹤、寿星……在众多艺术品中，奶奶捏塑的形象栩栩如生，博得大伙好评。

奶奶对鼠曲草充满感情。她称它是瑞祥之草，吃了能避邪除病、人寿年丰。以后，我虽离了故土，居住城镇，每当三月清明，她总捎一篮鼠曲䔲来，祈愿我一家也吉祥如意。

童稚的回忆，是一片充满明媚春光的芳草。我的相思化成一只彩蝶，永远眷恋着它。我想：农村如今已驱除了邪祟，奶奶愿望已经实现，吉祥草又长满山野了……

父 亲

薛宗碧

父亲去世十年整了,我一直没能为他写一篇纪念文章。多少次提起笔,又放下,因为他实在太平凡了,而且他的儿女们跟他一样平凡。自古道:"父贵子荣,子贵父荣。"这两者他都没有沾边,写什么呢?写了又有什么意义呢?然而,不写,我的良心时时受到强烈责备。

在我的记忆里,父亲的身体向来不好,常闹心口疼,闹眼睛疼。心口一疼,特效药仅是白曲炒鸡蛋;眼睛疼,就用糙纸浸生尿外敷,有时莫名其妙地让隔壁堂嫂用灯芯草刮眼帘,刮得血肉模糊的,怪吓人。后来我知道,他是患胃病和沙眼。他六十三岁那年,胃疼得厉害,在床上打了两天滚。赤脚医生看情况严重,才送他到县医院。医生诊断胃穿孔,要开刀,家里人不同意,说是六十甲子吃透,不算夭寿,死在手术台上,便是十伤的鬼。我坚持动手术，他总算捡回一条命。八十岁那年秋，他得了感冒。"七十三、八十四，阎王不叫自己去。"大概他也信这句话，一开始就不肯看医生，也不让弟弟们告诉我，怕我忙，影响了工作。过了一个星期，弟弟们感觉不妙，背着他给我打电话。我立即请了城里的医生一起赶回乡下老家。医生开了药，我再三吩咐他一定要吃，他只说了一句："我晓得，不要着力了！"因为有紧急的事要办，我先返城。次日，我又让医生同行。快进村，远远遇见堂叔，他念道："去了，去了，人死灯灭。"到家里，只见父亲安详地躺在床上。二弟讲，昨天他就是不吃药。夜里，兄弟四个守着他。他们聊着聊着，过了子时，突然警觉，摸摸父亲的鼻息，他已断气了。他走得那么平静，没有惊动任何人，恰似油灯熬干了油一样。

　　我和父亲父子一场，却从来没有很好交谈过，他的内心世界什么样？我不了解。在家里，我几乎没听他说过什么，或者发过脾气。从我懂事起，他没打过我，也没骂过我；没哄过我，也没夸过我。对我的弟弟姐妹们,也是如此。这是疼爱吗?我想是的。我读书很迟,十五岁小学毕业,母亲不让我升学,理由是家里生活困难,父亲没有表态,我自己死活要读下去。初中上高中,母亲又以同样的理由反对,父亲还是没有表态。我据理力争,说服了母亲。高考报名,母亲说:"别报了,考中也没有用。"我恳求试试看,如果侥幸考上了,不念还不行吗?母亲勉强同意,父亲依然没有表态。想不到我真考上了,且是名牌大学。我对自己的承诺负责,但是心里非常痛苦,天天躺在床上,像生了一场大病。母亲动员我去学艺,父亲照例没有表态。他为什么总是没有表态?我猜测无非是母亲已反对,他如果不反对,拿什么供我升学?他如果也反对,我还有升学的希望吗?所以,只好来个不置可否,凭母亲一人去应付。他是聪明的,用心也良苦。最后,是社会帮我圆了大学梦。

一位名人说过,老实是无用的别名。父亲的老实是乡里公认的。我没有听说或者看到他与村里任何人红过脸、吵过嘴,也许他自认为人微,压根不具备这种资格。有一回,我和父亲就在河里罾鱼,一条足足斤把重的鲻鱼跳到河滩上,一个年轻人眼疾,猛扑过去,鱼儿一挺跳回河里。父亲眼疾手快,一把便逮住它。年轻人硬说是他先发现的,父亲二话不说,把鱼给了他。我很不服气,父亲说:"为一条鱼伤了和气,值得吗?"一年夏天的傍晚,刚吃了饭,父亲便拉起小罾,叫我拾上竹篓跟他去。我们来到村边小池塘,把小罾放下水。小池塘平平静静的,水很浊,罾什么鱼?不久,水突然湍急而下,似乎上游在发洪水,随之,金钱蟹像秋天的落叶一样漂来。我惊喜得不知所措。父亲两只手飞速地抓,我也学着,四只手不停不歇,转眼间竹篓装不下了。我背着回家,村里人看见,纷纷拿了工具赶来,父亲为他们腾出好位置。当晚,大家满载而归。次日早上,我给几家没有上小池塘的乡亲送去我们的胜利品。那一天,全村飘着金钱蟹香。乡亲们对父亲的尊重,可能就是因为他的忠厚老实、与人无争。父亲晚年,无论谁家办红白喜事,都少不了拿好吃的孝敬他老人家;他出殡时,全村人为他送葬。

以我的理解，父亲这一辈子根本就不知幸福为何物。他六岁失恃，八岁无怙，孑然孤哀子，寄养在他叔叔家里。叔叔家里人口多，生活和困难用一句话概括：有上顿，没下顿。从小干活，从小吃苦，没爹没娘，向谁倾诉？有了家庭，应该是幸福了吧？然而，这沉重的家庭担子很快把幸福压到地底去了。在我长大后离开家之前，父亲好像没吃过白米饭。一年几担谷子，全都换成地瓜米，以细兑粗，图的量多，但仍糊不住一家人的口，大饥荒年，四弟差一点饿死，不得不过嗣给单身的堂叔。父亲饭量颇大，一碗饭三五口就落肚，几乎不用下饭菜，瞧他的吃相，还以为在吃美味佳肴哩！20世纪70年代初，我从浙江调回福建老家，叫父亲进城住几天。头天中午，我到食堂给他打半斤大白饭、一毛红烧肉。他把饭吃了，肉却剩下三分之一。问他怎么不吃光，他说："一顿配这么多肉，贼吃的！"一句话噎得我鼻子发酸。父亲平生无嗜好，最奢侈的享受是抽一袋旱烟。旱烟上火，水烟不上火，可水烟贵，他舍不得买。他的生活目标——不让全家挨饿，把孩子拉扯大，自己再苦也能忍受。

过了天命之年，父亲就丧失了劳力，晚年，身体一直很羸弱。不幸的是，在他六十五岁时，五十九岁的母亲瘫痪了。弟弟们务农，没能力请保姆，我亦负担不起，照顾母亲的责任便落在父亲一人身上。瘫痪的病人，自己不能动弹，一个姿势躺久了，就难受得痛苦不堪。瘫痪的人最怕身上长褥疮，父亲不得不为她勤翻身。据父亲说，大概一刻钟要为她翻一次身，白天间隔短一点，晚上间隔长一点，一天至少六十次以上。更累的是，抱她上马桶。他们没地方住，睡在旧房子的暗楼上，人站起来伸不直腰，跟关在笼里没有两样。有时，父亲很想下楼透透气，不到十分钟，母亲便大声呼叫。一天如此，一月如此，一年如此，十年如此，直至母亲过世。这十年是父亲为减轻母亲的痛苦而自己痛苦折磨的十年。每次我回家探望他们，父亲从无一句怨言。邻居们无不称赞他好耐性。母亲走的第二天，我才赶到家。当时正值夏收夏种，弟弟们为不误时，一早下田抢收稻子。一进门，我听到父亲号啕之声，上暗楼，见他与母亲躺在一起，满脸涕泪，那样的伤心，那样的动情，他一定是想起母亲一生的种种好处，想起两人相濡以沫支撑一个家庭的种种苦难。我劝他别哭坏身子，母亲走了也是彻底的解脱。他哪里听得进去？反而哭得更厉害。还有什么比一个老人发自内心的痛哭更让人撕心裂肺的呢？

母亲走后，父亲过了几年轻松日子。其实我清楚，他生活得并不轻松，一个人，太孤单、太寂寞了，到兄弟几家轮着吃，诸多不便，只是他不提而已。

父亲实在是太平凡了，平凡得像一粒泥土，但在我的心目中，他是一座山！

牛 节
卢 腾

牛，勤劳善良，知人性，是人们生产劳动和生活中的好伙伴。人们关爱它，敬重它，感恩它！

福安山村多梯田，牛是山田耕作的主力军，春牛战马，人们倍加疼爱耕牛。这里，流传着一句农谚："寒春惜牛犁，老来惜发妻。"从中可见，早春爱惜耕牛与结发夫妻重晚情是多么厚重的事呀！因此，福安传统的农耕文化中，有个特定的节俗，每年的农历四月初八日，是为"牛节"。

牛过节这天，约定俗成，各家的牛都歇工一天。牛在歇工日中，得到优厚待遇。一大早，各位牛主人就乐乎乎地忙开了。他们先拿出老竹筒，小心翼翼地倒满各自早已泡制好的泥鳅酒、黄鳝酒，或是太子参酒。接着，笑微微地将酒筒凑近牛的下颚上，慢慢地喂灌。看似在犒劳辛苦的耕牛，其实是用心为牛祛寒去湿，活血壮身，真情在酒中。

牛喂过补酒，牵出栏外，人们就动手清扫牛栏了。随后，他们就在干净的牛栏地上，点燃一小捆野艾草。半干半湿的野艾草，慢慢熏烧，热烘烘、白蒙蒙的烟雾弥漫在牛栏里，气味浓烈地熏灭驱走牛虻、牛蝇和山蚊。最后，还要在栏里稍高的一角，铺上一层干干爽爽的新稻草，让牛夜里舒舒服服地屈膝而眠。

牛节这天，若是晴朗日，主人们还会兴冲冲地牵牛到野外，让牛沐浴在暖暖的阳光中，恣意啃嚼青青新草，撒蹄欢跑……

牛，从不吝惜自己的气力，一生劳累到终老；人们善待牛，爱惜牛，理所当然。

山田春耕讲究三犁三耙，一般是壮牛犁田、小牛耙田。牛犊经过十八跌，下颚一换出两颗新牙，就要下地学耙田了。小牛在新犁过的田里，拖起了耙梳，主人手握一根牛攘（系着牛鼻绳的竹竿）跟在牛后，主人不停地挥动牛攘，催促小牛踩着烂泥，亦步亦趋地前行。过了一两年，它的下颚换上了四五颗新牙，声开哞哞，一下田，就得套上牛轭，拉起沉重的犁铧，在田中深耕翻泥浪，大展雄风了。牛天生的上颚不长牙，只有下颚八颗牙。牛吃菅草饲料，是下齿对着上唇的硬颚咀嚼对磨，待下颚的八齿磨平，牛也渐渐衰老了。但是，老牛是不遗余力呀，它还会步履蹒跚地迈入磨坊、油坊、糖寮，低头拉磨、拖碾和驮蔗渣，直累到气短力竭、四脚跪地……

农家人最不愿看到牛四脚跪地的窘状。福安杨厝村，有户人家的牛，八齿磨平丧失了劳力，长时跪在牛栏里。主人每次给它喂草料，它都抬头望着主人流泪，似乎对他说，只会吃不会干活，对不住呀！主人不忍心多看它这悲态，一天，他和几位乡亲商量后，决定送它到寺庙里去供养，寺庙里有放生池，也应有放生地吧！翌日，他托一位乡亲，将牛送到邻县霍童山上的支提寺去了。寺院里的僧人慈悲为怀，收留了它，还为它在寺旁筑了个土牛栏安居。老牛在僧人悉心照料下多活十多年，两只角还增长到一米多。

前几年，人们到支提寺进香，还能见到它，也有香客给它捐草料钱。看来，爱牛之心，人人有之！

牛是吉祥物，是勤的象征，是善的象征，是福的象征，人人都喜爱牛。

赛江是闽东的一条大江流，赛江流经赛岐镇的一段，东岸江边有块礁石状似牛；无独有偶，西岸的江边也有一块礁石形如牛。人们称这两块礁石为"石牛"。涨潮时，两头石牛都没入水中；退潮时，两头石牛都露出水面，正好挡着上游汹涌而至的溪流，各护着东西两面的堤岸，皆被人视为镇江之宝。

20世纪90年代初，赛江建大桥，两座桥墩恰好骑在两头石牛背上。赛岐人感念石牛的功德，大桥通车后，人们雕刻了三头石牛，高高地安放在镇中心的环岛石座上。其用意是，将东西两岸的石牛牵来合卺成婚，再添一犊，表示一家和睦相处。环岛石牛，成了赛岐镇标志性新景。环岛周围的商铺、酒店的招牌，有的就以"牛城""祥牛""福牛"等，应景冠名。这里，环绕着浓浓的祥和气氛。

　　吃苦耐劳的牛，可敬的牛，你虽默默无言，但人们记住你的功劳，每年给你过一天节的老传统，一定会代代相传！

文 山

陆宜根

> 文峰村位于蕉城区虎贝乡,为古石堂三十六村之一,由前官坑、新桥头、大乾路、坪南楼、东山、院后畲族村、三际坑等七个自然村组成,山青水秀,为朱陈理学之乡,古文化积淀深厚,祠宫、拜亭、明清民居保护完整,文风盛行,清中叶以来考取秀才以上功名一百二十多人,其中文武举人二十五名。
>
> ——题记

这里四面环山,山山都有名堂。北依狮子山,山麓左有仁丰寺,唐天复二年建,至今遗留两尊碑座,各刻有一个斗大的"万"字。山麓之右的奶娘宫是元明建筑,前搭戏台,后垒神坛,供奉的神主是妇女儿童的保护神陈靖姑。坛座石砌，浮雕人面狮身神兽和瑞草。坛前直铺一块拜石，长一米五，宽七十许，石面青光可鉴，摸摸滑滑。

东山形势像笔架，前面两石如柱斜立，人称"双柱峰"，后面还有尖峰如笋，叫作"文笔峰"。有道是"金钗斜插地，文笔倒书天"，让人去做种种漫无边际的猜想。南方近案远峰，案是办公桌，及胸为妙，案后为西乡群山的最高展旗，有诗称它"影横月窟烟霞古，势拂星河雨露香"，品之也有一些仙风道味。西边的远景是棋盘山，山上有石棋盘和仙人座，还有一个将军在守望。"山顶仙翁一局棋，不知人世几推移。"

所有这些山，村里老人一言以蔽之："只为一个人而生，只为一个人而出。"此处方言"生"也是"山"，"山"也是"生"，这是一个什么样的"人山山人"呢？"出"字山重山，还有一个什么人物也要"出山"？

随着一阵山风林涛响动，回顾村后这头狮子龇牙咧嘴，还是一头"笑天狮"呢，仿佛蔑视皇权的在野化身。在村东金钗斜插处挖地三尺，会露出一种又红又紫的石头，层层叠叠好像七重糕。抚之若少女肌肤出水，叩之有南方嘉木之声。为砚研阴阳精髓，为笔究天人之际，这分明是一种不朽的古老文明呀。都说南山脚下冒出一股清泉，幽然含香。这种香味又不是月窟烟霞的桂花露，却有一味松脂燃点的烟熏、一味糯谷秋成的酝酿、一味鹿头狸尾的麝香，这三味混合在一起，就是一种墨香。早在 12 世纪末，朱熹路过这里就闻到此味，取名"墨泉"，并预言一位跨世纪大儒即将在这里诞生，天下图书几乎读尽。

志书记载，这个人降临的时候还有一种彩鸟从各个山头飞聚而至，缭绕在一处土楼瓦舍，不停地用宁德的"土语"在叫唤着："拔拔大大，拔拔大大。"

不要以为这是一群乌合之众的随意乱叫，这种彩鸟名"鹧鸪"，一个山头只容一只，也有一点文人相轻的意味。人为驯化，有的又会成为一种忠于异类的鸟汉奸，叫作"鹧鸪媒"。狡猾的鸟主人捉一只雄鹧鸪笼养起来，笼里暗设机关，拿到各个山头去"拔拔大大"。这时你叫你大,我叫我大,野山的鹧鸪气不过,就要把它拔出来看看究竟有多大,结果把自己赔进去,中了鸟主人的笼套。这种不能合群的野鸟这时候如此和谐来仪,应是一种吉祥的兆示吧。

  新生的孩子就是陈普,字尚德。他果然天资聪颖会读书,通"四书六经",却不走仕途经迹。那时候的宁德县也还真牛,出过绍熙状元余复,还说什么"从来头上不容人",十足鹧鸪叫的口气。来过县主簿陆游,一边叫喊"北定中原",一边和支提和尚"对床空叹白云深"。来过宝庆主簿丁大全,从宁德起步,一路高升到右丞相兼枢密使。可是,这些人都不是陈普的榜样。福安的谢翱小陈普五岁,这时正追随文天祥反元复宋,这种行为也不是陈普的价值取向。科举公务员难考,不考也罢;破格提拔,做个行省教授总可以吧?陈普也不干。入元不仕这点倒与当时建阳的熊禾不谋而合,一个束书入山筑洪源书堂,一个浙东别师韩翼甫回乡办仁丰书院,从学者数百人。武夷山志载,石堂先生居武夷修明朱子学，从游者也达数百人。熊禾何许人？毕竟是前朝旧臣，吃过宋朝皇粮的汀州司户参军。而陈普却是一头笑天狮，笑过南宋小朝廷，再笑元朝大都和大汗。

读书不做官，除了教书还会做什么？陈普诸子百家、天文地理无所不究，其著作据说富有百卷，小部分得益于嘉靖乡贤陈衮和万历薛孔洵的收集重刊，有《周易解》《浑天仪论》《尚书补微》《经书讲义》等二十余卷收入《续修四库全书》。就是这些遗集，也足以说明他对朱子闽学继承发展的功不可没。他首先倡导"礼圣贤宜用木主，置于书院"，从理至礼，一以贯之。他对理学的深究推广，则主张躬行践履的"切己工夫"，多像是20世纪北京人说的"从我做起"。他说："性命、道德、五常、诚意等皆在'四书六经'之中，如斗极星列之在天，五岳四渎之在地，舍此而不求，更求何事？"人有动物性的一面，即气质欲念，不去除就会泯灭道德理性，伤及国脉。他把那些高深的哲学命题如此清晰明白地浅化阐发，让它从书院走向街谈巷议和瓜田夜话，别具理论联系实际的实践意义。又是他最早提出应该把朱子的《四书集注》作为科举的定本。元延祐恢复科考，诏定以朱子《四书集注》考试士子，明清两代也将其作为法定教科书，试题不逾此界。这种先见之明，恰为历史垂幸，中国封建社会后三个王朝的御用哲学正是这种闽学系统。先生地下有知，也会仰天大笑吧。

可惜，失落的更多著作面目如何，我们无缘得见，也不敢揣摩先生有什么自相矛盾、修正颠覆、否定之否定，只是从故乡的后人口传手抄的只言片语中看到伟人生活的另一面。这里有先生的临终忏悔："悔过当初弄野神，两眼泪珠枕边流。"这野神是什么，居然会让一个大智慧大坚贞的人流下悔过的泪水？有人说："野神是土都，类似山魈。先生的学问通，已经通到会通神。"通神的形象，就不是祠堂里的塑像那般师表端庄俨然了。《宋史纪事本末》云，闽学派当年有异乎寻常的衣冠服饰，戴着高高的帽子，穿着宽宽的衣裳，系着大大的带子，如神似鬼。这叫人又如何接受得了呢？先生还有两句诗说："红颜幼子情难断,白发双亲恩未酬。"妻子还是韩翼甫的女儿,但是他的后裔却一直没有露面。他对"插花做牙侩"的古田女大胆走出礼教禁锢从事商品流通又为何赞赏有加?一种学说都有一种学说的终极预言,他的终极预言是什么?乡人不知,鹧鸪也许知道吧。

鹧鸪真的又叫了,是一个十五岁的放牛娃头一次出山。假如棋盘山还有仙人下棋,应该下到中盘了吧。这时的仁丰寺已经改建成陈普祠堂三百年,大门左右另设两小门,左门曰"礼门",右门曰"义路"。放牛娃姓黄名礼珍,乳名开义,号瑞堂。他从义路进去,拜过先生,希望青轮回转,致以经史纶纬,而后从礼门出来,踏上通往福宁府的官道。听鹧鸪叫"拔拔大大",看挑夫肩头打横扁担翘着手杖,他一路寻思道:有一撇还少一捺,能够"大"到哪里去呢?路上他被一个老瓦匠收为学徒。在福宁府一个武将家里做活,武将瞧他聪明伶俐力气大,先收他做儿子的书童,后认他做义子。一个农民的孩子正需要伸手提携的贵人一臂,这一拔,也就能把扁担翘杖

"拔"成一个"大"字来了。

道光十二年，黄礼珍乡试考取第二十五名武举，晋京参加兵部会试，名列一等，朝廷以千总用，蒙发福建水师提标。第一次鸦片战争后，倭寇海盗趁机作乱，黄礼珍杀敌建功受重用，先后担任烽火门守备、桐山营参将、金门左营游击；咸丰九年，升为台湾水师副将；十一年初，又升广东水师阳江镇总兵，署理广东提督。就在他北上谢恩途中，获悉彰化叛贼戴万生戮官陷城，旋即返回指挥作战。这时台湾兵力不过数千，而叛匪拥有几万之众。黄礼珍临危不乱，鼓舞了士气，自己却在激战中负伤，于同治元年为国捐躯，诰授武显将军，正二品；振威将军，从一品；光禄大夫，正一品。从来人以道尊，地以人重。村西将军山不虚其名出将军，山下出产磨刀石，磨刀霍霍显雄风。

形家却说，文山是主山，武山是客山，客随主便。武将黄礼珍衣锦还乡时从礼门入，从义路出，在陈普祠堂题词道："大贤虎变愚不测，当年颇似寻常人。"被清政府"拔拔大大"的黄礼珍，虽是武将一个，而他的眼光早已经前穿越五百年，后穿越一百五十年，甚至更远，全程透视先生彪炳千秋，非虎变莫属，属于大贤的至尊。

所以，七百年来多少人在往上爬，但都没有超越文峰。

女儿的城市

陈树民

女儿十五岁上省城读书,又去加拿大、美国,现在到了香港。她许多话都在电话里对我说。女儿说,爸爸来趟香港吧!我多年没出门,懒懒的,没应。女儿说,来吧,再不来,过几年我或许会去别的地方。我心沉了一下,心想,真该去女儿生活的城市,看看她。我答应了。女儿在电话那头说,机票、吃住她全包了。

我和妻子准备了一番,给女儿买些香砂养胃丸、三九胃泰。女儿说胃有些疼。

女儿到深圳接我们。过了关,三个人乘车抵达香港铜锣湾,已晚上十点多了。乘电梯上一座高楼,十二层,进了个有大厅、卫生间的宽敞住房。女儿不住这儿。女儿说我们住的在香港算豪华的了。女儿给我和妻子各一张乘地铁、巴士,也可购物的"八达通"卡;又给我一沓港币,和香港地图、旅游手册。女儿有些遗憾说，白天没时间陪我们，下班回来晚上一块吃饭，再上街逛逛。女儿说出去乘地铁最方便，各种标识清楚醒目；坐巴士车上屏幕会显示站名，看见了，提前摁铃下车。

女儿带我和妻子出去吃些东西，在附近街道走走，认认地方。女儿说她第二天上班迟，和我们一块吃午饭。早饭嘛，女儿知道我胃不好，要吃稀饭，指指边上一家叫"美心"的餐馆说，就在那吃，有稀饭，像快餐一样先买票，再去取了吃。

我和妻子回去美美睡了一觉。上午醒来，出去，到"美心"吃早餐：每人一碗猪骨粥、两片面包、一小碟煎蛋白。饮料赠送的。妻子选了柠檬茶，我是奶茶。大盘子端了坐在餐厅慢慢吃。四周都是香港人，来的，坐的，离开的。有的吃着，翻看一叠报纸。听去都是陌生广东话。我和妻子对面坐着，吃着，不时往边上瞥瞥，再相互瞧瞧，轻轻一笑。仿佛我们也成了香港人，过上香港人的日子。

餐后上街走走，回到高楼住处。

中午女儿来电话，说到"美心"门口碰面，再去吃午饭。我和妻子穿着清楚，下楼出门，认准方向走到"美心"门前。一会看见女儿了——站在街对面人群里，一身紧凑流畅嫩绿连衣裙，拎个包，手上挂件黑的线织外套，朝我们招手。我们却过不去。绿灯没亮。

我站着，隔条不宽街道望女儿。望着她一身上班族打扮婷立在街那边，站在世界最繁忙城市的人群里……女儿是我带大的。前妻在女儿六岁那年，与我分手，去了远方，女儿便一直在我身边。十五岁她上省城读书，开头不习惯，一次次哭着打来电话——想家。很让我心碎。后来她又去了加拿大、美国，也在电话里哭过。又过了这些年，如今站在这城市街那边的女儿，成长着，独立了。我望去，她还是我心中的样子，又不完全是。心中涌出千般滋味……但对她，我比过去大概可以多放些心！

绿灯一亮，我和妻子过去，见面。女儿带我们急急地走，妻子有点跟不上。

我们进一家日本料理。女儿点了生鱼片、烤鳗、寿司和好些吃的。吃着，说话。女儿问我们早餐吃什么。我说了。又说那奶茶很难喝，苦苦的。女儿说，不会吧，香港奶茶很有名，很好的，放了糖不会苦。我说我没放糖，不知道有糖，大盘子里有两个小纸包，没拆开，带回去，细瞧才知道是糖。三个人都乐了。

还要说话，女儿看看表，说要赶去上班。女儿埋单。三人又到街上，匆匆说话。我问女儿大热天为何带件长袖。女儿说工作地方空调冷，要披披，说着望见一处地铁站。女儿一声再见，独自前去，快快进了地铁站口。

晚上与女儿见面颇晚了。我们先吃了些点心，又跟女儿去吃晚饭。饭后，妻子要买些化妆品，女儿带我们上名叫"莎莎"的专卖店。女儿与店里的，雀语般不停说广东话，帮妻子挑选。

我前几年又结婚了。女儿早早就希望我找个伴。说她没啥，只要我喜欢。我终于走出过去那段婚姻阴影，与现在的妻子静静生活在一起。女儿一两下回到我身边，与妻子相处也好。

出了"莎莎"化妆品店，上道小坡到时代广场。三个人坐在小水池边说话，看从大商厦提着拖着小包大箱进出的中国人、外国人。

离开时代广场，下坡，到十字路口。绿灯还没亮，隔着大街，两边都黑压压站着一大片人。绿灯一亮，我们随大群人潮水般涌过去，那边也涌过来……妻子说本来是电视电影里看见的场面，我们今天也走了进去。

走了会，到女儿住处，也在十多层，比我们住的差多了，挤挤一小间，桌上、地面、床上都是东西，脚有点无处插。女儿不好意思说，够乱的！上班回来迟，没时间也没精力收拾。我没责怪，女儿够累了。女儿又说，这些日子听我电话里教的空腹填点东西，胃不觉疼了，胃口还不好，舌苔白白厚着。我便只有心疼……真想帮她理理生活，收拾收拾狭小杂乱的屋子。

待了会，女儿送我们回去。女儿说过两天晚上去看赛马；再去阿拉伯风情酒吧，很奇特，好些人围着个大大烟桶，用长长管管吸水烟，有各种香味的，干净，每个人吸过的烟嘴都换掉。体验一下香港夜生活。

女儿白天要上班，我和妻子去玩。我先做些功课，翻看女儿给的旅游手册和地图，选定目标，而后出发。几天下来，住处周边街巷熟了，往远处也走得顺当了。一人一张"八达通"卡，乘地铁，坐巴士，去香港公园、艺术馆、太空馆，走星光大道，逛闹闹女人街和喷香花墟道。最远经深水湾、浅水湾，去了叫赤柱的海边。在那，我们逛小街，进出一家家红艳阔绿、飘逸南洋风味的服饰小店。接着走过海边一排散发欧陆风情的小咖啡馆，看白皮肤黑皮肤的外国人悠闲喝咖啡、品甜点。最后到了遮盖高敞顶棚的小码头。这里曾是英国王室来港上岸的地方。我和妻子坐在海边长椅上，边上有人钓鱼，远处水面帆板点点。虽是海边，没有浪涛的拍打，听不到潮水粗重的呼吸。水平而静。

我的心也平而静。在这女儿生活的城市的海边，在这海边城市的每一条街道、每一处拐角……我似乎都没觉着生疏，却隐隐地亲切。虽然女儿没陪在身边。

吃也方便，口袋里有港币，到处是饮食店。吃鱼蛋伊面、海南鸡饭、咖喱海鲜饭……又要了奶茶，放糖，味道确实异样的好，不苦。浓浓喝着，有种浓郁绵绵的奇特回味。再买些南非水果带回去。

女儿夸我穿的花衬衫，说扣起来更好看。女儿嫌我戴的表，太小不大方。那是我要来香港临时买的，便宜。女儿说我挎的黑包包该换了。那是女儿七八年前留在家里的。七天里唯一休息的一个白天，女儿带我和妻子逛街，走来挑去，给我买了黑底白字粗犷大气的手表和新款棕黄皮包。

晚上，女儿和我们一块吃饭，来了她的好友"子灵"。子灵是加拿大人，中文名女儿起的。子灵会中文，可我讲的一些词语，还要女儿翻译。女儿同子灵流水般讲我不懂的英语。子灵喜爱东方文化，刚从泰国回来，学了类似中国气功的"冥想"。这餐饭，子灵说她请了。

女儿悄悄问我对子灵的印象。我说还好，顶直爽的，就胖了点。女儿说，外国人（白种人）

都这样，人种不一样嘛。女儿与外国人有许多具体接触，不像我只是书上读一点。

女儿到香港不太久，有了个朋友圈，大多是外国人。我从小因为那年代和个人原因，性格内向，独来独往。我不希望女儿像我，要她走出去，阳光开朗，多交朋友。女儿做到了，让我欣慰。

那晚原打算去阿拉伯风情酒吧，围着大木桶，吸长长水烟。女儿说太累了，又好久没见小玲，想和她聊聊，早些休息。还说赛马也看不成，不知道这8月份是不赛的。我说没关系。我心不在这上面，真不在意这些。

最后一天，要离开了。一个星期在香港待下来，起居、饮食习惯了；来来去去，近近远远也熟了。妻子说有点居家的感觉，却要走了。我心内更有些沉重和不舍，因为女儿……

坐巴士到红磡，再乘火车达罗湖。在女儿目送下，我和妻子过关离去。

远远的香港，于我本无所谓；因为女儿，一去，便装进心内，刻进心里，赶也赶不走，便老想着它。想它窄窄闹闹有点旧的街道,和街上急急的人流,还有人流中白皮肤黑皮肤高高走着的外国人;想它静静听不见潮声的海面;想它那小饮食店里入口滑爽的伊面和弹性十足的鱼蛋;想早餐那杯丝缎般滑亮的浓稠奶茶……想着……全因为那儿是女儿生活的地方——女儿的城市。

女儿告诉我,她在一位外国朋友那学西班牙语。她想去西班牙。到那时,我或许会去巴塞罗那、马德里……或一个又一个女儿的城市。

我对妻子说,女儿如果离开香港,我便不去了。去那,又见不着,会很想的。又一转念,或许我还会去,毕竟那里留有女儿许多生活过的气息。

回到家,给女儿打电话。女儿说吃些龟苓膏,舌苔不那么厚,胃口好了些。我宽慰了许多。

我有时会想,一个人要遁入空门,或最终离开人世,最抛不开的是什么……

无论我活着还是死了,女儿都是我永远的牵挂。

远去的背影

吴 曦

杜拉斯：爱是生命的全部

爱的原理像球，靠离去实现每一次滚动。

只有玛格丽特·杜拉斯能对爱情做出如此经典的诠释。她的一生都在爱，也都在"离去"。爱是她生命的全部。她有资格说这样的话。她是真正懂爱敢爱能爱的人。"即使到了八十岁，我也还能爱。"这不是杜拉斯小说的杜撰语言，而是她生命的坦白。在她七十岁那年，她与小自己四十岁的、叫扬·安德烈的年轻人相爱了。这段"忘年恋"，伴随她走完了生命的最后一段（十二年）路程。

她的生命不能没有爱。她说过："没有爱的时间是无法忍受和难以辨认的，那无异于死亡。"正是这种深入骨髓的对爱的渴求和源自生命深处对爱的呼唤，使得杜拉斯顿悟了"爱的极致是不重复"的真谛。所有的爱都是一种分手,一次"别离"。而每一次别离又催生了另一次新的爱情。

永远爱和被爱,这就是杜拉斯。

面对杜拉斯的爱,我们不仅战栗,而且汗颜。没有哪一个人能像杜拉斯那样,对爱有一种镂骨锥心的依恋和坦然豁达的包容。在她看来,爱一个人,就意味着无条件地领受其全部。这是一种绝对的倾心,绝对的专注投入和绝对的忠诚无怨。这种"不可获得的爱情是唯一可获得的东西"(杜拉斯语),充满着鲜活的自然灵性和生命的光泽,让我们神迷、钦羡又望其项背。

杜拉斯是制造爱情旋涡的高手。在生活中,在文字里,她总是把爱一次次地推向波峰浪谷。然后是奇特的时速和出人意料的冲浪,让人惊诧,晕眩和战栗。湄公河上十五岁半白人小姑娘与中国北方的黄皮肤男人的爱情是一次。和小自己四十岁的年轻男人的爱情又是一次。这是灵魂与灵魂超越时空与肉体的相互欣赏,是死亡在爱意下的屈服。

爱是她生命的全部，也是她故事的全部，更是她文字的全部。她的文字是被爱滋养着。或者说是文字反哺了她的爱。爱与文字相互依附和缠绕成为在艺术的时空中自由翔舞的精灵。

她与文字有一种默契。生与死的默契啊！那是生命之约。"写作就是我。我就是书。"她已经分不清写作与生活哪个更真实了。"我写女人是为了写我。写那个贯穿在多少世纪中的我自己。"她完全把自己放进小说里，靠文字呼吸，甚至认定写作比生活更真实，而生存才是最大的虚构。

1984年，杜拉斯写出了自传体小说《情人》。那年她已经七十岁了。对于永不疲倦、一生都在爱的杜拉斯来说，即便年逾古稀，仍然把十五岁半的那段爱情经历写得激情洋溢、魅力四射、充满张力。半个多世纪时光的淬砺与打磨，使这文字显出一种隧道般的幽深、霹雳般的亮度来。简直可以伤人。文字到了极致，便有了一种巨大的杀伤力。至美的文字，一旦被真正阅读，就免不了要受伤了。杜拉斯的所有粉丝无一幸免受到伤害。这是"幸福的伤害"啊！不是任何人都能拥有这份福气。

杰克·伦敦：嘶吼的荒野孤狼

无疑，狼是他的图腾，是他心中的神灵。他的许多作品都与狼有关，比如《热爱生命》《白牙》《野性的呼唤》《荒野的呼唤》；或者索性就以狼命名，《海狼》《狼子》《狼的太阳》。他甚至将自己的别墅取名为"狼舍"。

杰克·伦敦，这位有着狼一样气质和血性的美国作家，在他短促的一生中，创作了十九部长篇小说、一百五十余篇短篇小说和三部剧本，以及大量的散文、报告文学、特写、论文等。让人难以想象，如此之多的文字，不是在安稳、平静的环境中书写的，而是在不停地漂泊流离和险象环生的困境中完成的。我曾经以他的成功作为蓝本，着迷地阅读他的作品，勤奋地写作。我的一位酷爱文学的朋友，甚至仿效杰克·伦敦的做法，把写着词汇和句子的纸条，贴在墙壁、床头、窗户、橱门上，以便随时默记。后来我们才知道，决定杰克·伦敦成功的关键，在于他丰富的经历和独特的人生体验，在于灵魂深处的饥渴和生命的冲动与狂野。他有着狼一样的充沛精力和旺盛、强悍的生命力。他野性十足，血管里不是流淌着血，而是燃烧着火焰。他把冒险当作享受。

他曾经只身驾驶小船穿过暴风雨中的旧金山湾。令人难以置信的是，那时他才十三岁。之后，他结识了一伙蚝贼，驾船去偷旧金山湾养殖户的蚝，甚至烧毁他人的船只，在几百英里的海路上自由闯荡。不久，他又结识了海湾巡警，反过来当巡警去追捕蚝贼。十七岁时，他到一条捕猎船上当水手，经过朝鲜、日本，到白令海一带捕猎海豹，途中经历了严寒、风暴以及最沉重的苦役。1897年3月，杰克·伦敦踏上了淘金之旅，历尽千辛万苦来到靠近北极的育空河。他用木料造了两艘船，穿越了许多人曾经试图通过而最终失败的育空河天险……

杰克·伦敦，这只不安分的狼，功成名就后本可以过一种平静、悠闲的写作生活。然而，他却选择了一条更为危险的路——记者生涯。他去非洲采访布尔战争，到伦敦贫民窟了解贫民生活，去远东报道日俄战事。他曾经驾船驶进黄海，在零下四十度的严寒和风涛里航行了六天六夜。他连续几个星期在马背上急行军。他完成了其他记者无法完成的战地采访任务。1906年，他驾驶着自造的、蹩脚至极的船环游世界，从夏威夷直航马克萨斯时，经过九死一生闯过了赤道海峡。冒险是他的嗜好，挑战是他生命的必需。似乎不这样，他就不是杰克·伦敦了。他总是把自己连同笔下的人物置于极端严酷、生死攸关的环境之下，以彰显人在绝境中所爆发出的惊人的生命能量。他的文字有着十足的狼性，充满着筋肉暴突的阳刚与狂野之气。

冒险—写作，写作—冒险，是杰克·伦敦循环反复的生命链条，是他生命的全部意义。即使在收入丰厚、生活富裕的日子里，他照样忘不了冒险与折腾。他买地产，办牧场，种树木，修建豪华别墅，结果别墅"狼舍"被一场大火烧毁了，种植的四十万株树苗死光了，牧场的良种马和猪、牛、羊陆续死去了。不安的灵魂啊！心中藏着一个可怕的魔鬼。私生子的身份成了他永远的心结，成了自虐的根。

井喷的创作，加上狂野的奔突，耗尽了生命的所有能量。他成了一只迷失在茫茫荒野上孤独的狼。他的生命在四十岁的音符上戛然而止。也只有在这个时候，我们才听出了杰克·伦敦文字里孤独的嘶鸣和绝望的悲吼。

他的死，背叛了他的成功，也是对人生意义一种永远被悬置的发问。

月 光

张建萍

我举起杯子。杯子里盛着一片月光。

月光浮动在没有泡沫的啤酒上,有一股淡褐色的清香。哦,我第一次发现,月光是可以收集的。

那一刹,我算是理解了传说中的神使鬼差。连我自己都感到不可思议,这可是第四个中秋节,每次都名正言顺——公务在身,在同一个嘈杂的小县城里度过。

这里有山有海,有朱熹教学留下的古树,有朋友亦有令人不快的记忆。这里,新文化的痕迹随着手扶拖拉机横冲直撞在大街小巷。这里终日震耳欲聋,毫无沉闷之感,就连这里的市场也极不定时,全凭潮水涨落而喧哗。

农历季节里的节日,对于我们这一代人是极其模糊的概念。依我所见,这一类节日只属于老人、孩子和主妇。不过，我比较留心中秋，因为我是那么说不清楚地偏爱着月亮。

月亮，胜过天体中其余物质无数。

太阳，强悍而粗暴，散发着帝王一般的统治欲，令人敬而远之。云彩，喜怒无常，轻率而不讲信用，像妇人。星星，纯情明丽，却喜欢争宠，难免有点孩童似的浅薄。至于银河，迢遥得神秘，诱惑力极大，像政治家们的信条。

唯有月亮，顽强而执着。它不声不响，总在人们需要或不需要的时候出现。它一点一点地生长，一天一天地丰盈，终又免不了一瓣一瓣地亏损，一口一口地被吞噬，周而复始，消隐又生，生又消隐。月亮有着母亲一般的美德。

正因为这种美德的缘故，我才倍感它的亲切。无论是残月、新月、满月，于我都是熟悉的。它们总让我想起一些有才华而不显赫的朋友们。

我的发光而不发烫的月。

我曾经有过一个莫名而可笑的习惯，常常在窗前或阳台上守夜一小阵，静默中似乎在等待，等待一个永不会实现的期望。至今我也说不清这个期望是什么,但我仍然等待。

只要是月光飞溅的夜晚,我便会无端地轻松。我便会劝慰自己,它还在,在中天。我的月亮,我的期望。

深夜的月,不受世事干扰,沉郁而聪慧。

"今夜的月,只属于你。"清凉的楼顶平台上,热情而稍显浮躁的小城诗人慷慨地将家乡的明月赠予我。月光下,他左顾右盼,想从各个角度寻找自己的影子。他身材修长,身影却糊里糊涂。这个渔家之子曾送我一本书,扉页上题字:我送你百年孤独。于是我还赠他一书,扉页上也题:我送你理智之年。

他原计划回海岛过节,担心我独在异乡为异客,被孤独包围,便留下来陪我。他告诉我在他家乡的小渔村,有一个女人终日坐在礁石上眺望,有月的夜晚,女人便飞快地织起绳结,然后又飞快地解开绳结,织了又解,解了又织。她只织一个结,永远织不成一张网。

我边听他说,边想象着那个也许美丽也许不

美丽的女人，想象着那个也许有意义也许无意义的结。这实在是一个耐人寻味的画面。

小城诗人很遗憾，他说他们家的月亮因为他的缘故，已经好几年不圆满。他说他很想知道，今夜月光如水，故乡那个已经不年轻的渔妇，是否解开那个结。

我歉然。尽管如此我仍然看出他在为三个月亮兴奋。一个是他船老大的父亲，一个是他长着老人斑的母亲，还有一个是他藏在胸臆间的爱人，小城的一位少女。

我惊诧地发现，正如中国有无数的小城一样，小城有无数的诗人。也许事实果真如此，每一个青年都是诗人。他们热情，青春便是他们的诗行。这些在野的诗神大多戴着眼镜，似乎也是一种标志，标志着儒雅、学识。这些诗人的手中都有属于自己的一至数本的诗集。这些无声的歌大多唱在各式各样的日记本里。不知是诗影响了他们，还是他们影响了诗。

高台一览无遗。那修长热情的小城诗人捧出了一托盘赏月的海味品和红纸封包的月饼。尤其可爱的是啤酒瓶旁站着一只雄赳赳的大公鸡。大公鸡用糖捏成,仿佛经纶满腹,神气而不可一世。这股神气仿佛在提醒我,传统节日里存在着属于人类的本质。

我想,这本质大约便是亲情,促使人类息息相关的亲情。

我默默地饮着波动在杯中的月光。异乡的月寄怀了无数的隐秘。四度中秋,我唯恐它会对我生出感慨:人生易老天难老。我默默地感受着色泽如粟的月光的抚慰。

月在中天,圆满而结实。这样的月不属于任何人,而应该属于所有的人。

月下,四周的山脉闪耀着柔软的弧光。山这边是半圆形的小城,山那边想必是另一个半圆形的海湾。海上的月光,该是蓝宝石一般。

月光,沉默而大度,似乎又布下了一圈淡淡的警戒线,谁也逾越不出这道线境。我从高处望下去,看到宾馆门边拐来了一群活泼的青年。小城诗人冲动地扬起一只红色的海螃蟹大钳。我以一个手势制止了他的呼喊。

"如果是诗人，他们一定会找到我们的。"我解释。这样的月夜，人们只应该聚首在月光畅通无阻的空间。

"如果，他们找不到呢？"小城诗人那双躲在镜片后闪光的眼睛由于疑惑而一下子生动起来。

我无法回答。

我知道，小城诗人固然多，但最大的愿景是希望出一个甚至一群真正的、被公认的、才华卓越的诗人。对于任何成功者而言，天时地利像翅膀一样重要。没有这双翅膀，谁也无法飞翔。

值得崇敬的这些满怀希望、理想的青年谨守着一个古老的格言：有志者，事竟成。

我悄然举杯，为他们，也为自己，饮入这片纯色月光。的确，月光是可以收集的。

这晚的月光，属于一群都想成为诗人的临时工、合同工、集体工和教书匠们，属于一群使小城永不沉闷的青年朋友。

施茶予人

郑　望

时过白露，闽东依旧"高烧"不退。"秋老虎"张狂的福安，已经连续多天饱受酷热之苦。早上9时，犹如闷葫芦的福安盆地，骄阳似火，热浪逼人。路过群益桥头、阳春公园门口的市民，都会在路旁树荫下歇歇脚、乘乘凉。街边榕树下有个"爱心茶摊"，一张方桌上摆放一个大茶桶，上书"免费茶水"，周边摆着十几条凳椅和一次性纸杯，源源不断为过往行人提供茶水。

说到这个闹市的"施茶"点，市民都夸："这是社区老人办的好事。"六年前，福安阳春社区几位闲不住的老人，退而不休，热心公益。在"有我，城市更温馨"的浓厚氛围里，他们打定主意在群益桥头整修废弃的花圃。说做就做，大家你一百元、他两百元，短短几天内就筹集三千元，在"栖云站"路牌旁建成逛街歇脚点。炎炎

/ 施茶予人 /

夏日，酷暑难耐，大部分人白天都不怎么出门，躲在空调室内享受清凉。然而，依然有部分人需要在户外劳作，他们热了，就到阳春公园门口的树下休憩。如果这时候有一杯凉茶递上去，让他们解解渴，那该多好。于是，门卫夫妻周弟石妹，便从微薄的收入中挤出钱来购买保温桶、一次性塑料杯等，在榕树下设立免费凉茶摊点，当起了施茶志愿者，给过往的环卫工人、三轮车夫、摩托工友、卖菜的阿姨、带小孩的家长……送上一份清凉。偶尔有摩的师傅路过，把车停在一边，拿出水壶接一些凉茶；还有些小男孩在附近玩累了，也过来用一次性杯子取些茶喝；特别是户外高温作业的一线工人和环卫工，更是喝痧茶的常客。他们有的干脆拿个大瓶来灌茶，每天至少要灌上好几瓶才过瘾。有一位脖子上抓痧留有黑红印记的行人，边喝凉茶边诚恳地说声："谢谢！"施茶人谦和回答："举手之劳，不用谢！"

　　夏天滚滚热浪袭来，潜藏在副热带高气压背后的隐疾，让人出现头晕、口渴、多汗、神疲、心悸、动作不协调等"伏痧"先兆。所谓"伏"

即是"暑气潜伏于地"之意,标志着一年里最炎热的时期。按传统的推算方法,夏至后的第三个庚日起为"初伏",从夏至后的第四个庚日起为"中伏",立秋后的第一个庚日起为"末伏",总称为"三伏"。人"伏痧"的毒有四类:风寒暑湿类外邪之毒,各类疾病之毒,长期服药在体内形成的药毒,负面心态与情感产生的毒素。心里总想为他人做点什么的石妹婶,讨来鱼腥草施痧茶。每天大清早,年届花甲的石妹婶就开始忙乎,熬煮清香四溢的凉茶。在熬煮之前,细心的老人会用纱布将草药包裹住,一是担心草药渣子将出水口堵住,二是为让"茶客"能喝到没有杂质的凉茶。爱心茶摊供应的凉茶,虽然不放糖,味道也不浓烈,但入口后不久即有一股甘甜回味在口中。原来,石妹婶每月都会购置三四种草药进行混搭,每桶凉茶在熬煮超过半小时后才"出炉",因此每日供应的凉茶口感清香而不单调。

"赤日炎炎似火烧,来往行人口舌燥。奉上一杯清凉茶,石妹周弟全天候。"爱心茶摊在每年农历的五月初五"开张",足足摆上一夏令才

"歇业"。从"开张"的第一天起,石妹夫妇的生活节奏就转入"茶摊模式"。大热天,喝痧茶的人多,一天要加一二十桶茶水。两位老人,轮流不间断地往茶摊上送茶水。初见石妹婶,猜想她已年过古稀。其实比实际年龄显得苍老,这与她疾病缠身不无关系。石妹婶患有严重高血压,曾患过脑梗死,如今右腿行走不便。每天她顶着烈日,拎着紫色的水桶,一瘸一拐走过长街,源源不断送水添茶的身影,格外令人肃然起敬……从骄阳炽烈到明月当空,都会看到一些行人和老人聚在石妹婶的小茶摊前,摇着扇子,呷着茶水,或安逸地聊天,或闭目养神,好不惬意。桥面上的风很凉爽,喝着凉茶,有些人不免相谈至深夜,石妹夫妇也不催促,直等到最后一个"茶客"散去。当纳凉的居民散去,他们再把桌椅、凳子、茶桶等收拾起来,再拿起扫帚将地面的垃圾清扫干净,此时,往往已至夜深时分。有人劝石妹婶:"天气这么热,身上都能搓出盐巴,何苦跟自己过不去呢?"老人笑了笑说:"汗水换清凉,流了汗反而感觉人更舒服了。"爽朗快乐的笑声，伴着茶香温馨四溢。

三伏徂暑，给行人送一杯解渴消暑的痧茶，这其实很简单，不需要太多的准备和条件，只需要一个简简单单的行动而已！然而，做一件好事不难，难的是坚持做好事。六年来，石妹婶秉持"做好事就是积德"这一朴素信念，坚守"施茶予人，舒心于己"的善举。石妹婶的善举，宛如燥热里的一杯清茶，在人们肺腑间漫延开来……看在眼里，感怀于心，附近街坊四邻也主动送来了茶叶、解暑药，有的帮助烧水泡茶。为了支持爱心茶摊，社区出资添置了三十多套凳椅及大茶桶，还特别开辟一间"茶水间"，里面有煮茶的炉具，若干个盛装凉茶的塑料桶，摆茶摊所需的桌椅、草药、杯子等，并每月补助三百元办茶摊。同时，石妹"最美家庭"也荣登"福建好人榜"。"没想到我们的举手之劳，得到了这么多人的关爱。真心感谢大家了！"石妹婶感慨万端。记得有一句格言说"赠人玫瑰，手有余香"，意思是一份哪怕如同赠人一支玫瑰般微不足道的善举，但它带来的温馨都会在赠花人和爱花人的心底慢慢升腾,弥漫……石妹婶表示,一定会把这个汇聚着众多爱心和暖流的免费茶摊一直办下去。期待更多民众参与这"小善"的行列中来,做个传递温馨的"施茶"的志愿者,为馨香萦绕的家园增添更温馨的暖色调。

问"硋"

崔建楠

"硋"是何物？很多人不知，知道之后，大多又念错字音。

硋目前在福建屏南一带有留存，按照中国人"秀才念字念半边"的习惯，屏南当地人都将这个字念作"hài"，一查，准确的读音应该是"ài"，字意同"碍"。

人家民间约定俗成念"hài"念了几百年，我们也就顺其自然吧，不然你到屏南去四处问"ài"，人家把你当作"花痴"也不算冤枉。硋是一种介于陶和瓷之间的器皿，它有着十分有趣的前世今生。

福建是一个满地窑口的地方，我们从北至南可以数得出的窑口有：松溪珠光青瓷，松溪窑工艺传承浙江青瓷又有自己独特的胎色，因为被日本早期大师珠光和尚收藏而闻名。而后是建阳黑瓷，人们通常称之为"建盏"，建盏的名气就不用多言，因为宋徽宗的推崇名重天下，又因为朝代更替被朱元璋废掉，一夜之间窑火熄灭再无处寻觅。顺建溪南下到延平还有以酱油釉色为主，同时承袭建盏黑瓷的茶阳窑。再顺闽江往出海口到洪塘窑。渡过闽江到戴云山下就是德化窑了，因为"海上丝绸之路"的缘故，德化白瓷和青花一船又一船地运往欧洲，如今遗留在世界各大博物馆的橱窗里闪耀着光泽。与德化瓷同航线运往欧洲的还有"漳窑"大青花，华安窑、平和窑也曾经炉火熊熊几百年，烧制的青花大盘曾经挂满欧洲人家的墙壁。

那"硋"窑呢？在八闽古窑的地图上，它的位置在哪里？

有专家统计说目前在福州、宁德和屏南还有硋窑二十几条，而且还有几十条窑口在冒烟，这在活态的古陶瓷制作的今天却是十分难得了。

专家经过调查统计又发现，现存的二十几条硋窑里有四条在屏南，而且由屏南人（屏南县棠口乡棠口村、仕洋村、硋厂村等地师傅）主理的碗窑多达十九条。经研究发现，这些碗窑师傅虽然因为祖辈或者父辈或者自己迁徙到屏南周边外县，但是他们的制碗技艺均来自屏南白溪一带。

屏南县制碗历史悠久，据棠口村《周姓宗谱》记载，宋开禧年间，周氏先祖第七代周益与白溪西村程五结为异姓兄弟，一同到福宁府各县推销碗器和铜锣，至今已有八百多年的历史。清乾隆《屏南县志·物产志》载："土磁器，出村头、前村，两处泥细嫩，可烧瓷器，足供古、屏二邑之用。"民国《屏南县志·产业志》又载："碗窑，兰溪、古厦、龟溪、三保诸处土磁，足供一邑之用。"典籍文中所述"村头"即今棠口乡西村村，"前村""兰溪"即今棠口白溪一带，"龟溪"即今棠口乡贵溪村。

按图索骥，兴致勃勃去了屏南棠口碗场村。

棠口是屏南著名的乡镇，屏南三座著名古廊桥"百千万"里的千乘桥就在棠口。棠口还有晚清时期的西方教堂、妇幼医馆淑华女学校等西洋建筑。棠口还是抗日战争初期新四军北上抗日的出发地，那里有巨大的石质纪念雕塑立在千乘桥桥头。

因为四平戏，因为廊桥，多次去过屏南，但是却不知屏南有硋器。曾经在屏南周芬芳主席的微信里看见过硋器的样子，与建盏相似，疑问和兴趣便一同生成。带着解惑的渴望，坐着村主任的车就往硋场村的古窑口去了。

离开通往白水洋方向的水泥马路，拐上红土山路才几分钟，路边就看见了排列在竹林草丛里的酱黑色大缸。主任说："这就是硋。""这也是硋"自己心里开始嘀咕了。转眼路过了一座黑黝黝的古窑，主任又告诉说："这是棠窑。"话音未落，车子停在了一座钢结构的大棚边上，棠窑主人黄良城迎了出来。

在棠窑与黄良城以及他的搭档吴伦站师傅喝茶品瓷说硋一直到镇里来催，"问硋"也大致有了眉目。

福建在宋之前，生活用具多为陶，例如新石器时代闽江下游闽侯县石山遗址发掘的有红色竖条纹和卵点纹的彩陶，以及拍印曲尺纹和叶脉纹印纹的硬陶。唐以后福建人口增加，中原生产技艺南渐，到宋代福建的制瓷已经成了中国瓷业的高峰。宋代建州黑瓷傲视群雄，其地位的奠定不得不说宋徽宗。皇帝老子赵佶琴棋书画无所不通，更是喜欢喝茶玩茶。宋徽宗在《大观茶论》中称："岁修建溪之贡，龙团凤饼，名冠天下。"因为建州北苑龙凤团茶的喝法告别了唐代的煎茶法，新创出点茶法，"斗茶"风靡天下。斗茶需特制的器皿，因而衍生出建州黑瓷兔毫盏。斗茶的效果，一看茶面汤花色泽和均匀度，以"鲜白"为先；二看汤花与茶盏相接处水痕的有无和出现的迟早，以"盏无水痕"为佳品，黑釉的建盏最合适。宋徽宗赞曰"盏色贵青黑，玉毫条达者为上"，青黑的建盏就成了皇上及臣子百姓掌中把玩的唯一茶具。皇上喜欢天下追捧，建州黑瓷窑口遍地生烟，制造出一个又一个世间极品，由此建州建盏的生产睥睨神州。

忽一日建盏跌落神坛，那是又遇到了改朝换代的轮回，表面看是平民出身的朱元璋厌恶宋徽宗的奢靡，罢团茶为散茶，转瞬人间再无兔毫盏。其实骨子里的文化习惯是"不破不立"，全面覆盖前朝是竖立新政的首要。

窑火熄灭,建盏没了。制造建盏的精细技术慢慢失去,只保留下基本的、相对简单的制硋技艺。硋的使用对象逐步向平民百姓过渡,硋的制作越来越平民化,器皿的种类也开始由高档精致的茶盏转变为日常所用的水缸、米缸、酒缸以及装盐的硋罐、洗碗的硋钵、腌菜的硋瓮……甚至古越子民二次葬遗风中盛放先人骨骸,被称为"金瓮"的骨殖罐。

黄良城和我说,从棠口往西就是白溪前村。黄良城的老家是白溪门孔源村。白溪门地处鹫峰山腹地,群山合围,清溪汇集,溪底多为白色泥土(瓷土),因此称为"白溪"。黄良城念了一首老家的民谣:"白溪门,白溪门,世世代代抟土丸。抟土丸,抟土丸,村村飞出金凤凰。"听老人说,白溪这里的硋窑最多的时候有三十几条,百姓还是比较富裕的。在黄良城的印象里,老家的硋窑做的都是坛坛罐罐,自己做了这一行之后才知道硋器烧制的温度比陶高又比瓷低,胎体比建盏疏松布满气孔,最适合民间器皿日常使用，这也符合了硋器由宫廷而民间、由黑瓷建盏变化而来的路径。

黄良城说从白溪翻一座山就是建瓯（建州）地界，我理解他的意思，屏南的硋应该是与建盏一脉相承的。

黄良城和吴伦站的棠窑专心烧制黑瓷，他们俩认为，作为传承，黑瓷是精髓。虽然在屏南也有一些窑口在烧制五彩缤纷的硋器，但是他们认为应该坚持自己的追求。

屏南问"硋"，在福建窑口的版图上又补充了一个有趣的品种。查阅资料，又发现屏南的硋似乎与"茶入"有那么一些关联。所谓"茶入"，就是一种腹鼓口小的陶瓷小罐，古人用来装茶末。后来茶入传入日本，成为如同建盏的曜变天目茶盏一样珍贵的国宝，例如根津美术馆藏的松屋肩冲茶入和野村美术馆藏的北野茄子茶入都是传世的绝品。

屏南有古谚曰："波山前后十八寨，梅岭左右廿四窑。太保钢炉喷金花，赤岩银坑显神奇。硋窑瓷器出大洋，棠溪铜锣响天下。门楼马道通南北，菖州舱陶出琉球。"这首民谣在宋代流传于古田东北部（今屏南）民间，其中"梅岭左右廿四窑""硋窑瓷器出大洋""菖州舱陶出琉球"讲的就是北宋屏南陶瓷器生产和外销极为繁荣的情景。想起来黄良城说过，屏南有古道，那古道通向宁德霍童，由霍童金钟渡上船转三都出洋，硋也就沿着这条古道出山入海去了琉球。

在闽东一带只有屏南县把储存物品的罐子称为 rù，如：抽屉称为"桌 rù"，盐巴罐子称为"盐 rù"，茶叶罐子称为"茶 rù"。由此推测，茶入源自屏南硋器是不是有一些可能？

问"硋"又遇新题，该是烦恼还是欣喜呢？